義妹生活
5
三河ごーすと
illust Hiten

ハロウィン(妄想)

「そろそろ行ける？」

初デート

浅村悠太

Yuta Asamura

誕生日

12月13日

好きなもの

本、雑学、辛いもの、
釣り、静かな場所

苦手なもの

女性、ファッション

好きな言葉

一視同仁、親しき中にも礼儀あり

嫌いなこと

悪口

特技

プラモデル等の細かな作業（手先が器用）

互いの第一印象

ちょっと冷たさを感じる美人

綾瀬沙季

Saki Ayase

誕生日

12月20日

好きなもの

音楽、歴史・歴史的建造物、
アクアリウム、甘いもの、占い

苦手なもの

男性、心霊現象・ホラー

好きな言葉

自立自存、
天は自ら助くる者を助く

嫌いなこと

写真を撮られること

特技

ファッション、メイク、
料理、丸暗記

互いの第一印象

賢そう

義妹生活 5

三河ごーすと

MF文庫J

Days with my Step Sister

Contents

5

{口絵・本文イラスト} Hiten

運命の出会いに神の導きが必要だとしたら、愛情の証明には悪魔の誘惑が不可欠だ。

●プロローグ　浅村悠太《あさむらゆうた》

その日、俺こと浅村悠太は都立水星《すいせい》高校の文化祭で賑《にぎ》わう廊下を歩いていた。

10月の二週目。時刻は正午過ぎ。

窓から見上げた空はどこまでも高く、すっかり秋の訪れを感じさせる。

まだ日が高いうちから肌寒く温かい飲み物が欲しくなってくる季節だ。

渡り廊下の窓から外を見下ろせば、校門からゆるやかにせり上がる坂を登ってきた大勢の人たちが、蟻《あり》が巣へと吸い込まれるように校舎へと呑《の》み込《こ》まれていく。

水星高校文化祭は今年もどうやら盛況のようだ。

生徒たちはみなやや浮かれ気味で、いつもは耳にしないような歓声と喝采が時折あちらこちらから上がっている。

見慣れない他校の制服もそこここで見られるし、保護者らしき人々もいる。子どもたちは甲高い声をあげて走りまわっては時々親に注意されていた。

ふと、手を繋《つな》いで歩いている男女の姿が目に入る。

見ず知らずの男女だった。それなのに、幸せそうに体を寄せ合う彼らの姿から不思議と目を離せない。

ああして人前で堂々と手を繋ぐのは、やはり恋人同士ならではの行いなのだろう。

さすがにあれは、俺たちが人前でやっていいことじゃない。と、思う。

考える俺の脳裏にはひとりの女性の姿が浮かんでいる。

綾瀬沙季《あやせさき》──俺の妹、いや義妹だ。


四か月前。親同士の再婚によって俺──浅村悠太と綾瀬沙季は兄妹《きょうだい》になった。

前の母とのあれやこれやからあまり女性というものに期待しなくなっていた俺と、同じような経緯でドライに振る舞うようになっていた綾瀬さんは、それでも引き取ってくれた親たちを大切に思っており、それゆえ俺と綾瀬さんはすり合わせを繰り返して家族として、つまり兄妹として上手《うま》くやっていこうとした。

しかし、俺は綾瀬さんのことをひとりの女性として意識するようになり……。

9月の終わり、俺は彼女とその感情をすり合わせた。

明確な恋人関係に至る合意こそなかったが、特別に仲の良い兄妹ならあり得る、しかし他人に堂々とは見せられない程度のスキンシップまでを認める、奇妙な秘密の生活を続けることに同意したのだった。

文化祭を一緒にまわる、それも、手を繋いで。

恋人同士ならば堂々とやっていい行為だとは思うが、いまの綾瀬さんとの関係においてはNGだろう。少なくとも、人前では。

俺と綾瀬《あやせ》さんが兄妹《きょうだい》である事実は、もうバレてもかまわない。三者面談のときに、両親に負担をかけるくらいだったら隠さなくていいと割り切った。

しかし、だからこそ、恋人同士と思われるわけにはいかない。

兄と妹は恋人同士になってはいけないものだからだ。

法的には血の繋《つな》がりがなければ結ばれても問題ないらしいけれど、法とは無関係に世間は偏見を抱く。厳密な法など知りもしないし、俺たちのためにわざわざ勉強する必要もない人たちから、よくわからないけど禁忌を犯しているらしい二人として囁《ささや》かれるだろう。想像するだに面倒そうで、そんな事態は避けたかった。

ペットボトルの飲み物を売っているクラスでコーヒーと紅茶（どちらもホットだ）を調達し、俺は早足で騒がしい廊下から離れていく。

向かう先は特別教室棟の最上階、端。ドアを開けた先にある非常階段だ。

そこには女子生徒がひとり、退屈そうに座っていた。

綾瀬さんだ。

「買ってきたよ、綾瀬さん」

「ありがとう」

非常階段のいちばん上というのは、文化祭で盛況なあたりからもっとも離れた場所で、人通りがほぼなくて外からも目撃されにくい。

　ここを待ち合わせ場所に指定することになったのは、ごく自然な流れだろう。

　俺は綾瀬さんに紅茶のほうを手渡しながら隣に腰を下ろした。

「どう？」

「どう……って？」

「文化祭、楽しめてる？」

　俺がそう訊《き》くと、綾瀬さんは眉を寄せて考えこむ顔つきになった。そんなに悩むような質問だったろうか。

「そうだね。楽しめてる、と思う。浅村《あさむら》くんは？」

　綾瀬さんが問いを投げ返してきた。

　あ……。いま、もだ。

「ん？　どうかした？」

「ああ、いや……なんでもない」

　綾瀬さんの俺への呼び方が、いつの間にか「兄さん」から「浅村くん」に戻っていた。最近では「兄さん」呼びは家族の前だけになっている。

「俺も、楽しめてる……と思う」

　人混みは好きじゃないし、騒がしいのも苦手な俺だが、この祭りの雰囲気そのものはそんなに嫌いじゃない。

「何かおもしろい出し物を見つけた？」

「ええと……。ぜんぜん、かな」

「そうなんだ」

「あっ、でもそれは俺の問題。楽しみ方がわかってないだけだと思う」

「楽しみ方？」

「ええと……感性、みたいな」

「ふーん？」

俺の濁した言い回しに、綾瀬《あやせ》さんは腑《ふ》に落ちないような相槌《あいづち》を打った。

途中で見かけた占いやお化け屋敷、ミニゲームのたぐいは、友達や恋人と一緒なら数倍楽しめるんだろうなと、思ってしまったのだ。

ただそれを口にすれば、綾瀬さんへの当てつけになってしまう。

事前に俺たちは文化祭を一緒にまわるのは兄妹《きょうだい》としてアリかナシかを話し合い、すり合わせの上で、こうして人目につかないところで会話するだけにしようと決めていた。

実際、それで俺も納得はしている。

ただ事実として、文化祭はひとりきりで行動しても大して楽しくなかっただけで。

「綾瀬さんのほうは？」

勘のいい彼女に悟られる前にと質問を投げる。

「あっちの――」

綾瀬さんが校庭の一角を指さした。一周四百メートルのトラックの片隅に急ごしらえのステージと客席が作られていて、大きめのスピーカーから音楽が鳴り響いている。屋内でもないし、屋根さえないから、音が空に抜けて少しばかり気の抜けた演奏になってしまっているけれど、高校の文化祭ではこれが限界というものだろう。

「バンド演奏？」

「そう。クラスの子たちが、ビジュアル系バンド？　っていうのをやってて。それを観《み》たいっていう子に付き合ってきた」

「へえ。聞いたことはあるけど、あまり馴染《なじ》みがないなあ」

過激な見た目のバンド、というイメージしかなくて。

綾瀬さんが解説をしてくれた。

同じ質問をクラスメイトにして得々として語られたのだという。曰《いわ》く、音だけでなく演奏者の見た目にも気を遣って世界観を作り上げるバンド……らしい。演奏したクラスの男子たちも、派手な衣装に身を包んでメイクまでしたイケメンたちで、他校の女子生徒たちがそれを目当てに結構やってくる、とのこと。なるほど。

メイクやらオシャレやら髪型やら、自分があまり得意な領域ではないので、できる人には素直に感心してしまう。ステージに上がるとか絶対無理だ。

まあ、イケメンでもないし、楽器も演奏できるわけでない俺には無用な心配なんだけど。

「そういえば綾瀬《あやせ》さんはクラスの出し物に引っ張られたりはしないの？　というか、何をやってるんだっけ？」

「メイド喫茶」

「メイ……」

綾瀬さんの口から出てくるものとしてはあまり似合わない単語だ。

「真綾《まあや》の提案なんだけどね」

「ああ……」

「あの子が言い出したら、あのノリにみんな乗っちゃうし」

「だろうね」

綾瀬さんの友人である奈良坂《ならさか》真綾さんは、コミュ強でクラスどころか校内の人気者として知られている。

「あ、じゃあ、丸《まる》があとで行くかもね」

「浅村《あさむら》くんの友達の？」

「そう。今年はなぜか変わり種の喫茶店が多いよね？　あいつ、せっかくだからぜんぶのコンセプトカフェを回るつもりだ、って言ってたから」

呆《あき》れたように口を開けて綾瀬さんが言う。

「そんなに行ってみたいもの？」

「まあ、ふつうには味わえない体験だからさ」

そして俺の脳裏にはビクトリアンメイド姿の綾瀬さんが「ご主人様、お帰りなさいませ」と言っている映像が浮かびかけ、ちょっと見てみたいと思ってしまった。

「私は、そういうことはしないから」

「あ、はい」

顔に出ていたんだろうか。

「私の仕事は準備までで、今日までにぜんぶ終わらせたし」

「おつかれさまです」

まあ……ちょっと残念だけど。

「ああいう、愛想の良すぎる接客は私には無理だなぁ」

綾瀬さんが言った。

「無理？」

「というか……苦手？」

「ああ」

「対価を受け取る以上当然の接客だとは思うよ。私にはそれが難しいっていうだけ」

「なるほど」

綾瀬《あやせ》さんは、書店でのバイトを見ているかぎり決して客相手に不愛想に振る舞うようなひとではない。強いて言えば『普通に応対している』。だから、より親密そうな接客演出を見せることが苦手、ということだろう。

まあ、確かに綾瀬さんがオムライスにハートを描いてテーブルに出してくる絵面は想像し難いものがある。

親密すぎる応対、か。

距離の近い……それこそ恋人同士の距離感、とか？

もっとも、それがどんなものなのか俺にも良くわからないのだけど……。

非常階段に影が差した。

太陽が雲に隠れたのだ。影の世界に包まれて、吹き抜ける秋の風が肌を滑ると、肌寒さに思わず体を震わせる。

ぶるり、と隣に座る綾瀬さんも身震いした。

「そろそろ行く？」

「まだ、いい」

持ち上げかけた腰がその言葉に落とされる。

本音を言えば俺だってまだこうしていたかったから。俺の体の脇に置かれた綾瀬さんの小さな手。冷たそうに見えてしまい、その手に重ねて温めたいと思う。でも、いいのだろうか？

考えている間に、綾瀬さんの手は離れて、両手で紅茶のペットボトルを挟んでいた。

「でも、やっぱりちょっと肌寒いかな」

「今日ぐらい暖かい日でいてくれてもよかったのにね」

恨めしく思いつつ空を見上げた。

「寒かったら、無理しなくていいよ？」

「だいじょうぶだから」

言いながら、ほんのすこしだけ綾瀬さんが腰を脇にずらして距離を詰めた。俺も同じだけ動いて肩を寄せる。触れるか触れないかの距離。綾瀬さんの体温が感じられる気がした。

不意に、9月の終わり、綾瀬さんから抱きしめられたときのことを思い出す。

互いの熱は、あのときのほうが感じられたかもしれない。

思い出すと自然と頰《ほお》に熱が集まってくる。ただ、ぬくもりに包まれたあのときの感覚は今となっては朧《おぼろ》に霞《かす》んでしまっている。そして、あれ以来、俺と綾瀬さんの間にあういうスキンシップはない。

あれは不安を覚えていた俺を慰めるためのハグであり、いつでも気軽にするわけではないのだ。それは俺もわかっていた。

互いに恋愛感情のようでもしかしたら違うかもしれない、だけど好意であることだけは確かな感情をすり合わせたといっても、以前と何か変わったかといえば、あまり変わっていなかった。互いに互いを想《おも》ってる本音を交換し合っただけだ。

ただ――それ以上のスキンシップをしていないのは、今はこれだけで満足しているからでもある。

自分の想いが知られていて、それを受け入れてもらえている。それが確認できることが、何よりも大事で、触れ合うことはその表現の一手段でしかないのだ、そう思う。

けれど心のどこかでは、手を繋《つな》いだりとまでは言わないけれど、もっと一緒にいる時間を紡いでいきたい、とも感じてしまっていて……。

ふたりでどこかに出かけたいと誘ってみようか。

でも、綾瀬《あやせ》さんは本当に誘われることを望んでいるだろうか？

最近はそんなことを時折考えたりもする。

いや――。待て、それでいいのか。こうして自分だけで考えてちゃ駄目なのでは？

相手の考えを勝手に読みとった気になったり、読んでもらえることを期待するようなのは、自分たちが嫌がっていた得手勝手なコミュニケーションじゃないか。

素直に、すり合わせればいい。俺は改めてそう思いなおした。

「空が高いね」

綾瀬さんが遠くの空を見つめながら言った。

「秋だから」

「そう、だね。もう秋なんだ……」

「これだけ冷たい風が吹くと、すぐに冬になってしまう気もしてくるな」

「それはさすがにまだ早すぎると思うけど」

「ええとだからさ。もっと寒くなると外に出にくくなる――だろ？」

それだけで賢い綾瀬さんは薄々と俺の言いたいことを察したようだった。けれど、俺はそこで終わらせずに最後まで言い切る。すり合わせるんだ。

「今度、どこかに一緒に出かけたいなって……その、思うんだけど」

応えの返ってくる数秒間、俺の心拍数はやばいことになっていたと思う。

綾瀬さんの表情が微妙に変化する。ほんのすこしだけ――本当にごくわずかに――ホッとしたような、うれしそうな顔をして。

「うん」

と、小さく頷《うなず》いた。

俺は安堵《あんど》の息を漏らした。肩の力が一気に抜けて気分がふわっと軽くなった。

つい、考えてしまう。

ふつうの高校生の男女ならば――。

文化祭でこそ盛り上がるものなんだろう。

思い出づくりに一緒に校舎をぐるりと回ったり。

それなのに、俺たちときたらこんなところでこっそりと会って、手を繋《つな》ぐでもなくただ並んで腰かけて。今度、どこかへ一緒に出かけたいね、という気持ちのすり合わせをしている。

中途半端で、ぎこちない関係性。

恋愛感情と家族愛、どちらとの距離のほうが近いのかさえ判然としない。

ただハッキリと言い切れることもあった。

こうして喧騒《けんそう》の遠い静かな非常階段で、特別な会話もなく一緒にいられる時間が俺にはとても心地《ここち》好《い》い、と。

もしも綾瀬《あやせ》さんも同じなのであれば、それ以上に幸福なことは何もないんじゃなかろうか、と。

雲が動いて日差しが戻ってくる。

強張《こわば》っていた体がぬくもりでほぐれてきた頃、俺と綾瀬さんはようやく立ち上がり時間差をつけて非常階段を降りていった。

そのあと俺たちは、終わりを告げる校内放送が流れるまで顔を合わせることもなく。

俺と綾瀬さんの文化祭は、特別なことなど何も起こらないまま、終わった。

●10月19日（月曜日）　浅村悠太《あさむらゆうた》

週の始まりの日の朝。午前7時。
目覚めると、珍しくLINEに未読のメッセージがあった。
携帯の就寝モードを解除してからメッセージに目を通す。
——奈良坂《ならさか》さん？
受信時間は午前2時7分——えっ、2時過ぎ？
「遅くまで起きてるんだなぁ」
そんな時間に寝たら、とてもじゃないが俺は朝早くに起きてこられる自信はない。
そして、そんな真夜中に送られてきたメッセージの内容はといえば。
『真綾《まあや》からの大切なお知らせ』
なんと！　来たる21日は奈良坂真綾が地球世界に生誕した日です！
つきましては誕生日会を開いちゃうよ！
急なお誘いだからプレゼントとかはお構いなく！
ぜひぜひお越しくださいませ！

ええと、つまりこれはパーティーのお誘いってことか。

にしても自分の誕生日会って自分で開くものだっけ？　主催者が主賓を兼ねるパーティーというのはあまり聞いたことがないような。まあ俺は、そもそも誕生日会など開いたことがないので断言なんてできないんだが……誘われたこともないしな。

しかし、俺と奈良坂《ならさか》さんとはそこまで親しい友達というわけではないんだが。奈良坂さんと仲が良いのは綾瀬《あやせ》さんのほうだ。

しかも今までに数えるほどしか顔を合わせたことがないはずだ。なんで友人の友人くらいの関係性の俺なんかを誕生日会に誘ってきたんだ？

と、そんな疑問に対する答えは、メッセージの最後に添えてあった。

沙季《さき》もくるよ。

綾瀬さんの名前を目にして、心拍数がわずかに増加した。

……えっ、なんでここでわざわざそれを強調するんだ？　まさか俺と綾瀬さんの関係に変化があったことを察しているんじゃ……。

いや、冷静になろう。奈良坂さんは、プールのときも綾瀬さんの兄だからという理由で声をかけてくれた。一度でも会話したらすぐに友達と考えていそうな子だし、特に他意はないのかもしれない。

だが、とさらに俺は考える。

「他にも大勢来るんだよな……プールのときみたいに」

ほぼ初対面だった同級生たちの姿を思い出す。

奈良坂さんと綾瀬さんのクラスの人もいたし、他にもいろいろなところから集められた人たち。共通点を挙げるとするなら、みんな社交的だっていうことくらい。俺を除《のぞ》いて。

俺の知らない綾瀬さんの交友関係を想像してしまい、久しぶりに胸の内にモヤモヤした感覚が芽生えそうになる。

嫉妬、か。

情けない話だと思う。あのすり合わせの日にきれいに整理した感情のはずなのに、まだ芽を出そうとしてるんだから。もっとも、芽生えた瞬間に自覚してすぐに摘み取れるようになったあたり、我ながら成長したなと思うけれど。

以前、コンビニで綾瀬さんと一緒にいるところを見かけたあの新庄《しんじょう》という男子生徒とはどんな顔して会えばいいのかわからないが、基本的には、プールのときみたいに、空気のようにさらりと交じればやり過ごせるだろう。

と、そこまで考えてから、ふと気づく。

「いや、待てよ」

本当にプールのときと同じか？

奈良坂《ならさか》さんのＬＩＮＥメッセージを眺め、違和感の正体を探る。

あのとき、おそらくは参加者の誰かへの気遣いで奈良坂さんは参加者全員に制服着用で来るようにと明記していた。けれど今回はそういった内容の記述がいっさいない。

そして、気になることがもうひとつ。

水星《すいせい》高校は都内で進学校として通ってる学校で、生活指導もなかなかに厳しく、授業に無関係な物の持ち込みはリスクが高い。プレゼントはお構いなくとは書いてあるが、こういうとき、ふつうなら何か贈るだろうから、参加者は必然的に一度帰宅してから奈良坂宅へ向かうはずだ。

「ということは、つまり……」

今回は参加者全員、私服に着替えてから来る。そういう流れになる確率が、かなり高い。

ひとりだけ制服姿で行ったらかなり浮いてしまう。先に気づけてよかった。

と胸を撫《な》で下《お》ろしたそのとき、メッセージの最後のほうの記述が目に入った。

『お兄ちゃんも、沙季《さき》といっしょにちゃんとお洒落《しゃれ》して来てね』

私服指定で正解だったようだ。

それにしても、いきなりとんでもなくハードルを上げられたような気がする。制服じゃないだけで認めてほしいところだが、お洒落して、ときた。

なんていう条件を課してくるんだ、奈良坂さん。

俺はごくふつうの一般高校生のつもりだったが、ファッションに関してはやや関心の薄い部類に入るらしい。

綾瀬《あやせ》さんのようにファッションを武装として意識したこともない。それもそのはずで、そもそも日常の中に戦場があるだなんて思いもしていなかったから、当然、武装の必要性なんてピンとくるわけがない。

けれどいま、すこしだけ理解できた気がする。

誕生日会に来るであろう他の生徒たちのことを思い浮かべると、そこに地味でセンスのない私服を着ていく自分が心もとなく思えてきたのだ。鎧《よろい》も着ずに戦場に出ていく新兵の気分とは、こういうものなのか。

べつに誰と競うわけでもないし、戦うわけでもないのに。お洒落な綾瀬さんだけがその場に馴染《なじ》んでいて、自分だけが色を塗られていない、背景から変に浮いた存在になるのかと考えると、妙にそわそわしてしまう。

ファッション、か。

とりあえず、ファッション雑誌にでも目を通してみようか。

敵を知り己を知れば百戦危うからずというし。

朝からぐるぐるしかけた思考を落ち着かせ、俺はとりあえず奈良坂さんには「綾瀬さんと相談してみます」とだけ返した。

なんとなく奈良坂《ならさか》さんの思うように行動させられている気もしたけれど。

身支度を済ませて食卓に行き、おや、と思う。綾瀬《あやせ》さんの姿がない。

もしかして寝坊だろうか。

親父《おやじ》だけが食卓で所在無げにして座っていた。

「食べてないの？」

「先に食べちゃっていいのかなと思ってしまってね」

「なるほど」

とはいえ、さすがに寝ている綾瀬さんを叩《たた》き起《お》こすのは忍びないと思ったのだろう。見れば、ご飯はもうよそってあるし、総菜も並べ終わっている。

「まあでも、そろそろ食べないとなと思ってたところだ」

「親父、まだ忙しいの？」

「ん？　ああ……そうだな。まあだいぶマシになったかな」

秋に入った頃から親父は会社の仕事が忙しくなったようで、最近は残業で帰りが遅くなることも多かった。亜季子《あきこ》さんが時々心配だとつぶやいている。まあ、家にいるときは相変わらず大変そうな素振りは見せないんだが。

「味噌汁《みそしる》、温めようか？」

「もう火は通してあるから、よそってくれればいいよ」

「了解」

ほんの少しだけ加熱してから味噌汁を椀《わん》に入れて親父の前に置いた。

「ああ、ありがとう」

さてと、綾瀬さんが用意しておいてくれた今朝の献立は……ふむ。ハムと納豆《なつとう》、それに焼《や》き海苔《のり》、か。あと、小鉢に入っている緑色のやつはホウレン草のおひたしだけど、白いのは何だ？　しらす？

見ていると、親父は納豆にしらすを混ぜて出汁醤油《だしじょうゆ》を落としてかき混ぜ始めた。

ええとつまり、『しらすの納豆あえ』か。

「へえ。そんな食べ方が」

「ああ。亜季子さんに、よく作ってもらったんだよ。こんなに簡単なのにどうして今まで自分でやらなかったんだろうなぁって思ってしまったね」

そんなの決まってる。自分ひとりが美味《おい》しくても親父には意味がなかったからだ。

親父はしらすの納豆あえを温かいご飯にのせてぱくぱくと食べ始めた。

忙しいからなのか、美味しさゆえか、箸の回転が早い。

「つるりとした納豆の食感としらすのざらついた舌触りが口の中でほどよく合わさって美

味しいんだぞ。これに刻んだ青しそを入れてもいい。納豆《なっとう》の代わりになめたけというのも良しだ」

料理番組みたいなことを言いだした。

でも、亜季子《あきこ》さんと結婚してなければ、忙しい朝なんて今でも生卵をのせた白米に醤油《しょうゆ》を垂らして済ませてしまっていたんじゃないかな。

「それ、あとで俺もやってみるよ」

しかし――俺は、急いで朝食を済ませようとしている親父《おやじ》を見ながら考える。

「親父」

「ん？」

「ああ、食べながらでいいんだけど。親父は亜季子さんの隣に並ぶ自分の恰好《かっこう》とかを気にしたことある？」

「どういう意味で？」

「えっと。ほら、亜季子さんっていつもお洒落《しゃれ》してるだろ。で、親父は――」

「でも、僕もそれなりにかっこいいし？」

「息子の前で言うかそれを」

突っ込んだら、へらっと笑みを浮かべてみせる。

「亜季子さんと付き合うようになって、多少は変化したとはいえ、まあそもそも平均的なサラリーマンではあったよ？」

あくまで平均的だろ、と息子としては突っ込まざるをえない。

「真面目な話、背伸びしたお洒落はしないよ。大人としての身だしなみくらいかな」

「へえ」

「亜季子さんのような職業だったら別だろうけれど、僕は恰好は不潔でなければ良いと思っているからね」

朝食を摘《つま》みつつ親父が話してくれたところによれば、ビジネスマンとして恰好を気にするかどうかと、性的な魅力を高めるかは別軸の意識だそうで、親父は前者の意識に関しては未《いま》だに持っているが、後者はもう気にする必要もないかなと考えている、と。そんなことをぼそぼそと語ってくれた。

亜季子さんの周りにいる他の男性が気になったりしないの？　とも訊《たず》ねてみる。親父は箸を止めた。やや考えこむように口をつぐんでから。

「う━ん。あんまりないねえ。確かに学生時代は好きな人の交友関係だとか他の男のことを意識してたけど、社会人になってからいつの間にか気にならなくなってたな」

「社会人にって、つまり大人になったら、ってこと？」

「そう。あるいは仕事に就いてから気にするポイントが変わった、というべきかな。仕事の性質上、僕の稼ぎの額は僕の服装の恰好良さで決まるわけじゃないからねぇ」

「ああ、だからビジネスマンとしては意識してるけどって?」

「一応こう見えて営業もやったことあるんだよ? あとまあ、それどころじゃなくなった、というのも正直なところかな」

「ああ——」

そうだった。

子どもの頃は意識もしていなかったけれど、高校生にもなればさすがに薄々とは感じ始める。自分の朝食は卵かけご飯で済ませてしまう親父《おやじ》だけれど、俺自身はこの歳《とし》になるまで生活に不自由や不便を感じたことがない。

でもその状態を維持できているということは凄《すご》いことなのだ。

家ではこの通りの昼行燈《ひるあんどん》だけれども。

「学生時代は別だったよ。周りの男たちの恰好《かっこう》を意識せざるを得なかったな。ほら、共学というのは同じ空間に恋愛の適齢期な男女がぎゅっと詰め込まれてるわけだろう。あの環境がそうさせるのかなぁ」

と、言われても。

「そういうもの?」

「じゃ、ないか? 悠太《ゆうた》もそうなんだろう?」

「どうかな……」

俺がそう曖昧な返事をしたら、親父に心配そうなため息をつかれてしまった。

これはもしや俺は親父にさえ流行とかそのあたりに鈍いやつと認識されてないか？

大人になれば変わる、か。親父のその話が本当かどうかは一度も大人になったことのない自分にはわからないな。

「まあもしも亜季子《あきこ》さんが社内の同僚だったりしたら、他の男性と比べて目立とうとして今頃ラッパーみたいな服を着てたかもね」

「そんな親父を見ずに済んでよかったよ」

軽口を叩《たた》き合《あ》っているうちに親父は朝食を終えた。

「ごちそうさま」

「洗っとくから、そのままでいいよ」

「助かる。じゃ、行ってくるから」

そう言い置いて、急いで家を出て会社へと向かったのだった。

俺は壁の時計を眺めて時間を確かめる。

さすがにそろそろ起きないとまずい時刻だ。部屋の外から声をかけてみようかと、俺は綾瀬《あやせ》さんの部屋へと向かった。

目の前の扉が勢いよく開く。

慌てた表情そのままに飛び出してきた綾瀬《あやせ》さんが俺の前で動きを止める。一時停止された動画のように静止すること数秒。やや跳ねた髪は、彼女がこの家に越してきてから一度も俺の前で見せたことのない状態で、身に着けている服もパジャマのままだ。

動きを再開した綾瀬さんは、早足で洗面所へと駆け込んでいった。バタンと俺の視線を弾《はじ》き飛《と》ばすように扉を閉めた。

「ええと……」

寝起きを見られた綾瀬さんよりも俺のほうがドキドキしてしまっている気がする。これまで一緒に生活してきて初めてと言っていい、寝癖姿。鼓動が激しくなると同時に、こんなに長い間一緒なのにこれが初なのかと、あらためて普段の完全無欠さに驚かされる。

起きているなら問題ないか。

「……朝食、トーストでいいなら焼いておくよ」

刹那の沈黙を挟んで応えが返ってくる。

「ごめんね。ありがとう」

俺はキッチンに立った。

トーストをオーブントースターに放り込んでタイマーをセット。そのままIHの電源を入れて味噌汁《みそしる》を加熱すると、冷蔵庫からスライスハムを取り出して皿に追加しておく。

洗面所の扉を開けて綾瀬さんが飛び出して、また自室へと飛び込んでいった。あえてそ

ちらは見ないように背中を向けておく。見られたくないだろうし。

熱々のトーストを取り出して皿にのせ、綾瀬《あやせ》さんの席の前に置く。味噌汁《みそしる》も沸騰する前に過熱を止めてお椀《わん》によそった。お洒落《しゃれ》な朝食を目指すならばトーストにはスープだろうという気もするが、それだと味噌汁が余ってしまうから我慢してもらおう。家庭料理は基本的に無国籍でフリーダムなものだしな。

ちなみに俺の観察の結果によれば、綾瀬さんは朝は納豆《なっとう》を食べない。女子ゆえの拘《こだわ》りなのか、本人の趣味嗜好《しこう》なのかまではわからなかったが、ゆえに冷蔵庫の納豆を出すのはやめておいた。

準備完了。ほぼ同時に、着替えを終えた綾瀬さんが部屋から出てきて椅子に座る。いつもの完璧な武装姿に心のなかで拍手を送った。さすがだ。

「ありがとう。ごめんね、ぜんぶ任せちゃって」

「これくらい、なんてことないよ。そもそもぜんぶ昨日のうちに綾瀬さんが用意してくれたものだし。それで足りる？　もうちょっとなんか出そうか？」

ちらりと冷蔵庫に視線を送りながら訊《き》いてみる。

「充分。ホント、ごめんね」

「いやいや。でも珍しいね」

「昨夜、真綾《まあや》と長電話しちゃって。夜更かししすぎた」

綾瀬さんの言葉に、俺はLINEのメッセージを思い出した。そういえば、と綾瀬さんに切り出す。

「俺のところに奈良坂《ならさか》さんからLINEが来ててさ。聞いていると思うけど」

「あ……、うん」

「誕生日会、どうする？」

あまり深く考えずに訊いたのだけど、その瞬間、綾瀬さんが動きを止めた。ホウレン草のおひたしを箸で挟んだまま何故《なぜ》かトーストのほうを口元へ。直前で気づいたらしくホウレン草をトーストの上に落として海苔をのせて食べ始めた。

珍しい食べ方だなと思ったら、口のなかに入れてから妙な表情になる。

気づいてなかったらしい。

「……どうするって。せっかくだから祝ってあげようって思ってるけど。浅村《あさむら》くんは？」

「お邪魔じゃないなら行ってもいいけど。ほら、俺は奈良坂さんのことをあまり知らないからさ。プレゼントはいらないって言ってたけど、流石《さすが》に手ぶらは非常識だよね」

「ああ、うん。そうだね。まあ、お互い高校生なんだし、そんなたいしたものじゃなくて良いと思うけど」

「そっか。でも、そうなると何を贈るかちょっと悩むな。女子にプレゼントしたことないし」

「ないんだ」

「ないね」

「そうか。ないんだ。じゃあ、仕方ないよね。ええと……プレゼント、買いに行く?」

「そうだね。あっ、でも――」

言いながら俺は湯呑《ゆのみ》にお茶をそそいだ。綾瀬《あやせ》さんにも視線で「飲む?」と尋ねるが首を横に振られる。いらないらしい。まあトーストにお茶はさすがに合わないか。俺は、ゆっくりとお茶を飲んで彼女が食べきるまで待つことにする。

人によるとは思うが、テーブルの上がいっぱいにならない限りは俺は誰かが食べている間は皿を片付けないようにしている。急《せ》かしているように感じるんじゃないかって。そうなると美味《おい》しく食べられないだろうって思うからなんだけど。まあ、どうでもいい拘《こだわ》りではある。

「――近場にふたりで買いに行くと学校の人たちに見られるかも」

「ああ、うん。ふたりきりで買い物って、見られたらイケナイこと、かな?」

それはつまり、兄妹《きょうだい》ならあり得ることかどうか、という質問だ。

俺はすこし考えて、答える。

「仲の良い兄妹なら、ふつうにやること、だとは思う」

「そうだよね。ただ、私はちょっと……いやかな」

綾瀬さんはそう言って、言葉を選ぶようにたどたどしく続けた。

「その、せっかくのお出かけだから。他の人の視線を、気にしたりとか、よけいなことを考えたくない」

「ああ……。たしかに、そうかも」

デート、と呼べるかどうかはともかく、ふたりきりの時間だ。

俺もなるべくならリラックスした状態で臨みたい。

「じゃあ明日、放課後にちょっと遠出してみようか。今日はバイトだから無理だろうし」

「うん」

俺の提案に、綾瀬さんがトーストの耳をかじりながら小さく頷《うなず》いた。

いつもなら、綾瀬さんはさっさとご飯を食べて俺よりも早く家を出てしまうから、こういうふたりきりの朝食って思ったよりも機会がない。ここで相談できてよかったと思う。

めったにない綾瀬さんの寝坊に感謝だ。

「文化祭のときのこと、覚えてる？」

綾瀬さんが言った。

「もちろん」

ふたりでどこかに出かけよう、と俺たちは約束したのだ。

思っていたよりも早く、その機会が巡ってきたようだ。

月曜日の朝。

SHR後の教室は、ふたたび長い一週間が始まることへの気怠《けだる》さと、おしゃべりできなかった土日の隙間を埋めようとする熱の籠った会話の両方がぶつかりあって混沌《こんとん》として感じられる。

ちなみに俺は気怠さを醸し出す勢のほうだ。みんなよくそんなに話すことがあるな。

「朝から疲れてるな、浅村《あさむら》よ」

どかっと音を立てて俺の前に座りながら、丸友和《まるともかず》が話しかけてきた。こいつときたら、体格が俺よりもひとまわり大きいから、まるで熊が目の前に突然現れたかのような迫力がある。

「丸か。みんな元気だなと思ってさ」

「なにを年寄りじみたことを」

「朝、忙しくてね」

あれこれ、もやもやと考えていたから、最後は下駄箱《げたばこ》から教室まで全力疾走するはめになった。

「疲れてるところ悪いが、もっと疲れる話をしていいか？」

「なにそれ」

「おまえのストーカーらしき奴《やつ》からしつこく迫られてな。一緒に話をする機会が欲しいとせがまれた」

「今度はなんの漫画に影響されてるの？」

「冗談ってことにして流そうとするな。ガチだよ、ガチ」

「ガチと言われても……俺をストーカーする人間なんていないと思うけど」

学校内で面識のある生徒は限られている。丸を除《のぞ》けば、それこそ綾瀬《あやせ》さんや、奈良坂《ならさか》さんに誘われて一緒にプールに行った人たちぐらいのものだ。

誰なんだ、と考えるまでもなく、答えはすぐにわかった。丸が廊下へと顔を向け軽く手を挙げると、教室の入口で待っていたその生徒が、爽やかな笑みをたたえて小走りに近づいてきた。

「ありがとう、友和。繋《つな》いでくれて。……んで、ひさしぶり。浅村君」

「えっ。あー……ひさしぶり」

すこし反応が遅れたけれど、かろうじて挨拶を返せた。

短くカットした髪を明るく染めた、運動部らしいスマートな印象の男子は、新庄圭介《しんじようけいすけ》。

夏休みのプールで一緒だったメンバーのひとりで、以前、綾瀬さんと一緒にいるところを目撃してもやもやさせられたことのある相手だ。一方的に抱いている気まずさを表に出さないよう、細心の注意を払わなければと思う。

「浅村《あさむら》と仲良くしたくて、交友関係の情報を必死こいて調べてたらしいぞ。気持ち悪い男だよな、まったく」

「そうなんだ。顔見知りなんだし、声をかけてくれればよかったのに」

「まだ浅村君のことよく知らないからさ。一気に距離を縮めたら嫌がられるかもと思って」

「で、俺と仲良いって突き止めたらしくてな。仲介してくれとさ」

あきれた感じで丸《まる》が言った。

そういえば新庄《しんじょう》君はさっきから、友和《ともかず》、と丸を下の名前で呼んでいる。

「ふたり、仲いいんだ？」

「そこまで深くはないが、中学が同じでな。運動部同士、情報交換したりしている」

「へえ。意外なところが繋《つな》がるなぁ」

素直に驚いた。

ぜんぜん違うタイミングで知り合ったふたりが実は知り合い同士だった、という現象は推理ものの小説を読んでいるような、パズルのピースがはまった感覚にさせられる。現実における伏線の回収、みたいな。

「でもそうまでして俺と話したいことって？」

俺は新庄君に訊《き》いた。

正直、心当たりは何もない。

「ああ。それなんだけどさ……ちょっといいか？」

そう言って、新庄君は俺と目線を合わせるように屈《かが》むと、俺と丸に顔を寄せるよう手で示した。騒がしい教室の中、三人での内緒話の構図だ。

新庄君が、小声で切り出す。

「友和も、浅村君と仲がいいなら知ってるだろ。うちのクラスの綾瀬《あやせ》と、浅村君のこと」

「ん……」

丸がちらりと視線を向けてきた。コイツが知ってていいのか、という確認の視線だろう。

俺が無言でうなずき返すと、丸はそうかと納得し、会話を続ける。

「もちろん知ってる。親の再婚をきっかけに兄妹《きょうだい》になった。……それがどうした？」

「つまりいま浅村君は誰よりも綾瀬のことをよく知ってるわけだ」

「まあ、そうなるのかな」

……えっ。と、自分の言葉に、自分で驚いた。

いまの言葉は、本音じゃない。

たかだか同じ家に住んでるくらいで、綾瀬さんのことを知り尽くしているだなんて本気で思っていたら、それはひどく傲慢で自惚《うぬぼ》れた考えだと思う。何せ油断しきった寝起きの姿でさえ、今朝初めて目にしたんだから。

それでも新庄君の言葉を肯定してしまったのは、自分の中にある浅はかな対抗心の表れなのだろうか。

「もしかしたら浅村《あさむら》君をもっと知れば、綾瀬《あやせ》のことも理解できるんじゃないかと思って」

「なんだ新庄《しんじょう》。おまえ、綾瀬狙いかよ」

「うん、まあ……その、それは、そうなんだよ。うん」

丸《まる》に鋭く指摘された新庄君は、照れくさそうに頬《ほお》を掻《か》きながらも素直に認めた。

その横顔を見ていたら、ああ、堂々と自分の気持ちを口にできるって、いいな……と。

不思議なことに、妬ましさよりも先に羨ましさを感じている自分がいた。

「はー、まさかおまえもとは。夏休みに入ってから本当に増えたな。まあ、もともと美人だし、悪い噂《うわさ》が嘘《うそ》だったらしいと知られたら、そりゃあ殺到するか」

「人を虫みたいに言わないでくれよ」

「兄貴からしたら妹に寄ってくる男は悪い虫以外の何者でもないだろう。なあ、浅村？　妹目当てで仲良くしようなんて不届き者は許せんよなぁ？」

「いや、でも、打算だけじゃないから！　打算ももちろんあるけど、なんていうか、あの綾瀬と家族としてうまくやれてる奴《やつ》がどんな奴かも興味あって！」

「あはは。そんな弁解しなくても」

あわてている新庄君の様子が可笑《おか》しくて、つい笑みがこぼれてしまう。

実際、本音なんだと思う。

何か他の思惑があって近づいてきたんだとしたら、もっと他の言い訳が思いつきそうなものだし。

「学校でこうして駄弁《だべ》るくらいならべつにいつでも」

「本当か……！ 助かる、浅村君！」

「学校でだけだよ。バイトが忙しくて、放課後に遊ぶのはなかなか難しいから」

避けようとしての言葉じゃない。実際、丸とも夏休みにアニメ専門店に連れて行かれたときぐらいで、最近は学校の外で会うことはまずなかった。

「あと、君づけはムズムズするからナシで。丸は友和《ともかず》って呼び捨ててるのに、俺だけ君づけだと、ちょっと落ち着かない」

「じゃあ、悠太《ゆうた》で」

「じゃあ、新庄で」

「えっ、そこは圭介《けいすけ》だろ!?」

「さすがに苗字《みようじ》で勘弁してほしい、かな。丸に対してもそうだし、呼び慣れてないから」

「そっか……まあそこは呼びやすいほうでいいよ。とにかくよろしくな！」

「うん。よろしくついでなんだけど、ちょっと質問していいかな。丸にも」

「もちろん。なんでも訊《き》いてくれ。俺に答えられることならなんでも答えるよ」

「暑苦しい奴が会話に加わっちまったなぁ……まあいい、聞こうじゃないか、浅村」

渡りに船というやつか、清潔感のある見た目の新庄《しんじょう》ならファッションに関する知識もありそうだし、いろいろ教えてもらえるかもしれない。

綾瀬《あやせ》さんのことを好きであろう男子に訊《き》くのはどうかという考えも一瞬よぎったが、それはそれ、これはこれ。フラットに考えたら関係ないだろうと思えた。

「恋愛関係……かどうかはさておき、ちょっと気になる女子がいたとして。その子も参加する男女混合のパーティーがあったとする。まあその相手は、ふたりともそれぞれ自由に想像してくれればいいんだけど」

「ふむ。それで？」

「そのパーティーに、どんな服装で行く？ いつも通りの服で行くか、あるいは普段とは違う服で行くか」

丸《まる》は鞄《かばん》を開いて一時限目の用意をしつつ、ふーむ、と考えこんだ。

新庄のほうも真剣な顔で考えている。こういう質問に茶化《ちゃか》さないで考えてくれるのを見ると、いままでよく知らなかった男子だけど、きっと良い人なんだろうなと思う。

「新しく服を買うかどうかまではわからないけど、少なくとも手持ちの中ではいちばん良い服を着ていくかなぁ」

「なるほど」

お洒落《しゃれ》に対しても意識の高そうな、新庄らしい答えだと思った。

すると丸《まる》も、そうだな、と新庄《しんじょう》に同調する。

「俺も同じ意見だ」

「えっ、丸も？」

「おかしいか？」

「いや、丸だったら、もしかしていつも通りって答えるかと思ってたから」

「無理をしようとは思わん。だが、気を遣っていることを相手にわかってほしいからな」

「わかってほしい？　気遣いを感じさせないように、じゃなくて？」

俺は丸の言葉を意外に感じた。

「こういうのは相手によるんだ。いつもなら、お前の言うとおりだな。本当に気を遣う人というのは、気を遣っていることさえ悟らせないものだと俺も思う。だが、この場合は別だ。文字通りにＴＰＯのＯだ。Ｏｃｃａｓｉｏｎ《オケージョン》——場合、がちがう」

「好きな子が参加してるのが大きいよな。正直、意識しないのはむしろそのほうがマナー違反っていうか」

「そう、新庄の言う通り」

丸がうなずいて、続ける。

「好意をもっている相手には、気を遣っていることを相手から見えるようにするのも大事なことなんだぞ。鳥だって獣だって求愛行動は相手から見えるように行うもんだろう？」

「き、求愛って」

丸の口から出る言葉として意外すぎて、一瞬たじろいだ。その隙を見計らうように丸はにやりと笑みを浮かべ、言葉の爆弾を落としてくる。

「ずいぶんと色気づいたこと訊《き》いてくるじゃないか。今度こそ好きな人でもできたか？」

しかも、なぜか嬉《うれ》しそうに。

「いや別にそういうのじゃないよ。ちょっと聞きたかっただけで」

「語れよ」

「語らないよ。というか、語るようなことはほんとに何もないんだって」

「で、そもそもの馴《な》れ初《そ》めはなんだ？」

「ほんとになにもないって……。ただ、ファッションについて、ふたりがどういう意識を持ってるのか知りたかっただけで」

「ぷっ……はは。あはは！　おもしろいな、悠太《ゆうた》は」

「え？　いま笑うところあった？」

急に新庄が吹き出したので、俺は面食らった。

「すごく真面目に物を考えてるんだなと思ってさ。女の子と遊びに行くときにどんな服装がふさわしいか、とか。いままであんまり真剣に考えなかったことを、あらためて考えて言葉にするって、なんかおもしろいな」

「……服装について、ふだんからいろいろ考えてるんじゃないんだ?」

「ぜんぜん。訊《き》かれて考えてみて、いま初めて、自分ってこういう考え方で生きてたんだなって知れた感じ」

新鮮な気分だよ、と新庄《しんじょう》は笑う。

俺があたりまえにやっていることを、彼はやっていなかったらしい。逆に彼が無意識に持っているファッション感覚を、俺は意識しないと養えない。

自分が一方的に持たざる者だと考えていたけれど、もしかしたらこれは隣の芝は青い、というやつなんだろうか。

「ちなみに、新庄は洒落《しゃれ》てるように見えるかもしれんが、ズルしてるだけだぞ」

「ちょっ、と、友和《ともかず》、それはっ」

「ズルって?」

「う……」

新庄は頬《ほお》を掻《か》いて、ばつが悪そうに言う。

「あー、その……うちには妹がいてさ。いま中三なんだけど、家族で服を買いに行くとき、俺が下手なものを選ぶと『兄貴だせぇ』って教えてくれるんだよ」

「妹さんが?」

「そう。アレでもいちおう女の子だからさ。女の子の目線で服を選んでくれるから、正直、それに助けられてる」

「必ずしも自分にセンスがなくてもいい、か。なるほど、その発想はなかった」

「悠太《ゆうた》もファッション気になるなら妹に見てもらうとか」

「綾瀬《あやせ》さんに？　いや、それはさすがに……」

「アホか。もともと同級生だった女子と、生まれてからずっと一緒の妹を同列に語るな」

俺がまごついていると、丸《まる》が新庄の脇腹を小突いて言った。

あまり加減していなかったのか、新庄はちょっと苦しげに脇腹を押さえながら会話を続ける。

「そ、それもそうか。……じゃあうちの妹に見せる？」

「それはいちばんよくわからない」

見せられる妹さんのほうが困惑するだろうに。

「いや案外女子ってそういうの好きだよ。俺の友達の写真見るの好きみたいで、テニス部の奴《やつ》らとか髪型とか服装、けっこうアドバイスもらってる」

「そ、そんなことまでしてるんだ。……あー、だからか」

兄弟や姉妹のいる生徒は先輩後輩の付き合いも多いなぁと、中学の頃から感じていた。

なんでだろうと思っていたら、コミュニケーション能力の高い兄弟姉妹持ちの人たちは、こういった交流をしていたのか。

もしかしたら新庄《しんじょう》の周りにわりとかっちりした外見の男子が多いのは、ただお洒落《しゃれ》同士で意気投合してるだけじゃなくて、そうしてお洒落の情報や環境をシェアしているからなのかもしれない。

「他の奴《やつ》もやってることだし、悠太《ゆうた》もぜんぜんOKだよ。LINEで写真送ってくれたらすぐ妹に転送する」

「特に予定はないけど……。そうだね、機会があったら、ね」

「ま、野郎のファッションセンスなんざそんなもんだ。お洒落になりやすい環境があるか、何か理由があって自分で死ぬほど勉強するか。そうでもしないと身につくわけないんだよ。そんなもんいつでも追いつくんだ。他の奴と比べて焦る必要はないぞ」

丸《まる》に諭されてしまった。

具体的なことは何も知らないはずなのに、なぜか心を読んだような的確なアドバイスをくれる。さすが頼れる親友だった。

丸の前では綾瀬《あやせ》さん絡みの話題は避けたほうが良いのかもしれない。このままだといつか何もかも白状させられるような気がする……。

「おい、新庄。チャイム鳴ったぞ。はよ帰れ。ハウス！」

「やば、もうこんな時間か」

最後に、と、手短にLINEの連絡先を交換した。

「楽しかったよ。友和《ともかず》、悠太、また来る！」

「無理して来なくていいぞ」

「じゃあ、また」

丸にぞんざいにあしらわれながらも、新庄は明るく手を振り教室を出て行った。

話せてよかったと、俺も思う。

違う人種だと思っていた人間が意外と身近に感じられたし。ファッションについても、やっぱり諦めずに意識してみようと思えた。


10月も後半になると日暮れが早い。

放課後、家に帰らずに俺はそのままバイト先へと自転車で直行する。

書店に着いたときには、日は西の地平線近くまで落ちていた。今の日没は5時頃だったはずだ。

まあ、あと二か月で冬至だもんなぁ。

秋もだいぶ深まってきている。もうすぐ木枯らしも吹きそうだ。厚手のセーターでも着ないと自転車では辛《つら》い時期になってきた。

着替えを済ませてから事務所に入ると、もう綾瀬さんも読売《よみうり》先輩もいた。今日はこの三人でのシフトだった。

「おはよう、後輩君」

真っ先に振り返った読売《よみうり》先輩が挨拶をしてきた。

地味な書店員の制服を着てエプロンをかけているこのバイトの先輩は、外見だけは黒髪ロングの和風美人である。

「おは――はやくはないですよね。もうすぐ夜ですよ？　こんにちはどころか、こんばんはでも良い時間では？」

「ギョーカイ用語だよぅ、ギョーカイ用語」

「少なくともその業界と本屋業界とはたぶん関係ないです。で、どうしたんですか？」

「あっさり流さないで。おとなの対応されるとおとなは困るんだよ？　しくしく」

子どもか。

「わたしと沙季《さき》ちゃんが今日はレジ係に任命されたの」

「あー」

どうりで綾瀬《あやせ》さんも渋い顔をしているわけだ。

俺は気にしないほうだが一般的にはレジ係は書店業務のなかでは面倒な部類に入る。なにしろ近年のカウンター業務は仕事が多い。

ため息をひとつついてから綾瀬さんが言う。

「レジ係って覚えること多くて」

「でも、沙季ちゃん、最初の二週間でほぼ覚えちゃってるじゃない」

「ほぼ、です。まだたまに混乱することも」

「立派立派。わたしは慣れるまで三か月くらいかかったもん。しかも、今はわたしが勤め始めた頃よりももっと大変になってる」

「そうなんですか？」

「お金の払い方が多様化したからねー。クレジットカードだけじゃなくてアプリで決済するお客さんも増えたし。あ、でも今度、カードもアプリ決済も一台でこなせる機械を入れるらしいよ」

「おお、ついにうちの店もですか！」

それはありがたい。これでレジの手間がだいぶ軽減されるかもしれない。

「まあ、増えるだけじゃなくて減ったものもあるけど。今は逆に図書券はほとんど見なくなったよねぇ」

そこで綾瀬さんが首を傾《かし》げた。

「図書券ってなんですか？」

「どるうえ!?」

どこから声を出してるんですか先輩……。

「うわぁ。きたきたきたー！　これがジェネレーションギャップってやつやあ！　後輩君、いまの聞いたかな？　ほら、これがぴっちぴちのＪＫムーブだよ。現代っ子さまがご降臨あそばされたー」

「図書券については職業による知識格差で世代は関係ないような……」

「ああ。もうおしまいだ。わたしもついにお局《つぼね》さま呼ばわりされる時代になってしまったのだあ。よよよ」

「言葉だけで泣かんでください。というか、俺、よよよって泣く人初めて見るんですが」

「じゃあ、およよよよ」

増えた。

「ええと？　あのだから、図書券って？」

バイトの開始時刻になるまで綾瀬《あやせ》さんに図書券という一時代前の決済手段の説明をしたけれどピンとこないようだった。

図書券や文具券などの紙の金券自体が珍しくなってきているのかもしれない。テレホンカードのような磁気式のカードですら減ってきているしな。

レジに入るふたりを横目に見ながら俺は本日の棚空け業務を行うべく、台車を転がして書棚へと向かった。

台車の上には返本する本を詰めるための空っぽの段ボールがひとつ。返本リストを片手に、軽く息を吐いて気合いを入れる。

「さて……」

まずは、でかいところからやるか。

片付けのコツは大きなものから済ませてしまうことだという。疲れてない、飽きてないうちに大きなところを済ませておく。達成感も大きいのでモチベーションが維持される。逆にちまちましたところから始めてしまうと、時間あたりの消化量を少なく感じてやる気が落ちてしまう。

本のなかで場所を取るジャンルは何といっても大型の雑誌だった。

平台に積み上がっている雑誌のなかで、明日には最新号が入荷してしまうものを取り除《のぞ》いて段ボールに詰め込んでいく。

一冊二冊しか残らなかったものは平置きから棚差しになっているから注意が必要だった。見えているのが背表紙だけだと確認にやや手間取る。

作業中、やたらとメンズファッション誌が目についてしまった。大判カラーの手の切れそうな——実際、冬場になると手を切ることもある——上質紙の表紙にはお洒落《しゃれ》な恰好《かっこう》をした男性が斜に構えた姿勢で写っている。

同じジャンルの本の発売日は同じ日付になりがちだ。明日がファッション雑誌の入荷日だったというだけの偶然にすぎない。たぶん今までもこれくらいの頻度でファッション誌を目にしていたんだろう。けど、意識してなかったんだろうな。

なるほど。今の流行はこういう服なのか……見ただけじゃ良くわからないけど。

そういえば、この手の雑誌は男性向け、女性向けと存在するけれど、どちらも異性からのウケを重視しているんだろうか？　それとも異性ウケとは無関係に、個としてのセンスを重視しているんだろうか？

男である俺が女性ファッション誌の変な髪型を可愛《かわい》いと感じたことがないように、男性男性ファッション誌の服装を女性がハイセンスと評するとは限らないのでは。

学校では丸《まる》と新庄《しんじょう》から男視点での意見を聞かせてもらえたけど、女性視点の話も聞いてみたいところだ。

ちょうど、読売《よみうり》先輩がいるし。

必要な作業を終えると、台車を返してからレジへと戻る。

綾瀬《あやせ》さんがカウンターの内側に入ってきた俺を見て立ち上がった。

「じゃ、入れ替わりで私がメンテナンスだね」

そう言って、そそくさと売場に出てしまう。なにかよそよそしい？　すれ違いざまに俺のほうを見たような気がするけれど……。

ちょうど夕食時のようで店内が空《す》き始めていた。

必然的にレジも暇だ。並んでいるレジ待ちの客もいない。手持ち無沙汰のレジの中、俺と読売先輩のふたりきりだった。だから、すこしくらいは会話をしていてもだいじょうぶだろう。

「先輩、綾瀬さんと何の話をしてたんですか？」

「べつにぃ。なんでもないよぅ」

「……ならいいですけど」

まあ、詮索するのも野暮《やぼ》か。自分の噂話《うわさばなし》でもされてたんだろうかと思うと、すこしそわそわするけど。

「ん？ どしたの、後輩君？ 眠たいカエルみたいな顔をして」

「どんな顔ですかそれ」

「んあー、って顔」

読売先輩は薄目になって、やや顎を突き出して顔を上向かせ、餌を待つ雛鳥《ひなどり》みたいに口を開けた。

……わからん。というか、そんな顔してたのか、俺。

完全に話のペースを持っていかれる前に、俺も気になっていたことを訊《き》いてみることにした。

「ええとですね。仮に、です。仮に先輩に彼氏ができたとして。デートするとします」

「……ふふっ」

ん？ いま、なんで笑ったんだ？

「その……彼氏にはお洒落《しゃれ》であってほしいですか？」

んー、と顎に指をあてて天井を見上げる読売《よみうり》先輩。かわいらしく口元をすぼめて虚空を睨《にら》む横顔は、ふつうに清楚《せいそ》系な美人女子大生なのだが……。なんで眠たいカエルの物真似《ものまね》なんてできてしまうのだろう。

「彼氏がお洒落すぎると、こっちがプレッシャーやばそう」

「プレッシャーですか」

つまり、女子側も気合い入れる必要が出てくるから気苦労しそう、ということか。

なるほど。

「ま、でもね」

「ん？」

俺は読売先輩の声に注意を引き戻された。

「それはそれとして、別にかっこよくなってなくてもさ。気を遣ってくれたことがわかったら嬉《うれ》しいかなぁ」

その言葉に俺ははっとなる。

今朝、丸《まる》たちも同じようなことを言っていたと思い出した。気を遣ったことがわかるように振る舞うのも大切だと。

読売先輩が言うには、もともとお洒落じゃなかった人が自分と会うときにお洒落をしてくれたら、それは自分に良く見てもらいたいって思ってくれてるってことだから嬉しいし、そうしてくれる男の子のことは『可愛《かわい》い』と思ってしまうかも、と。

「アドバイスありがとうございます。納得です。ただひとつだけ。『可愛い』っていうのはそれ、褒め言葉になるんですかね？」

「おや、ならないと？」

「あまり言われても嬉しくはないような……」

「言葉というのは文脈のなかでこそ意味をもつのだよ、後輩君。本好きを謳《うた》うなら、それを常に考慮しないと！」

「文脈……。なるほど。では、その文脈のなかにおいて『可愛い』の意味は？」

「尊み！」

「訊《き》いた俺がバカでした」

「うそうそ。決まってるでしょ——」

レジのほうへと歩いてくる客を見つけて、一瞬で表情を引き締め、さらりと接客モードに切り替えた読売先輩は反論の隙を与えない素早さで口にする。

「愛してるぜ、この野郎、って意味だよ」

赤面するような台詞《せりふ》をよくまあ素面《しらふ》で言えるものだと感心するが、きっぱり言い切られてしまうと疑問を呈する気にはなれなかった。少なくとも読売先輩はそう思っているってことだろう。綾瀬《あやせ》さんも同じかどうかはわからないし、反論する女性もいるだろうが。

ファッション誌、一冊確保しておくか……。


夜の10時をまわり、バイトを終えて綾瀬さんとふたりで家路につく。

自転車を転がす俺の傍《かたわ》らを歩く綾瀬さんは、冬服の袖から覗《のぞ》く手をこすりあわせて少し寒そうに見えた。日が落ちてから今日は急速に気温が下がっている。

「手袋もってきてないの？」

「まだ早いでしょ。一応10月だし。でも……今日はちょっと寒いね」

渋谷《しぶや》駅前の街頭温度計は摂氏９度。

確かにこの時期としては冷え込みすぎだろう。

「コンビニで温かいものでも買う？」

「だいじょうぶ。すぐに家に着くし。もったいないよ」

「うん……まあ、そうか」

こういうときに俺と綾瀬さんの関係なら何をするのがいいんだろうか。

手を繋《つな》ごうにも、俺の両手は自転車のハンドルを握ってるし。そういえば昔読んだ漫画に自分のポケットに相手の女の子の手を突っ込ませるって恥ずかしい展開があったけれど、やはりあれは恋人同士ならやりたくなるものなのだろうか。

そういう行為をしたいかと訊《き》かれたら、人前でやるのは恥ずかしいからやめておきたいと思ってしまう。

これはつまり俺が綾瀬さんに望む関係が恋人ではなく、やはり義妹だからなのだろうか。

——この感情が本当に恋愛感情なのか、否か。

あの日、彼女に問いかけられた言葉に対する回答は、まだハッキリと出ていない。

考えているうちに綾瀬さんは手を自分の冬服のポケットに入れてしまった。

「なに？」

「あ、いや」

まさかいまの自分の思考を語るわけにもいかないから、俺は言い訳を探して綾瀬さんの姿を悟られないようにさりげなく観察する——そういえば。

「冬服……」

「え？」

「ほら、初めてあったときにはもう夏服だったからさ。冬服は新鮮だなって」

「変？」

「いや、ええと。……似合ってる」

綾瀬さんがわずかに体を引いた。顔を前に向ける。

「褒めてもなにも出ないけど」

「はあ。そういうところが浅村《あさむら》くんだよね……」

どういう意味だろう。

「素直な感想だよ」

「明日の放課後、楽しみだね」

「そうだね」

そのまま会話が消えて、俺と綾瀬《あやせ》さんは自宅のマンションまで押し黙ったまま歩いた。

距離を置いてとびとびに立てられた街灯の明かりの輪をくぐりぬけるたびに、綾瀬さんの整った顔がほのかに浮かびあがった。俺は、背筋を伸ばして前を向いた彼女の横顔を盗み見る。

きれいだよな、と思う。

会話はなくても気にならなかった。

バイト先から家までのこの短い些細《ささい》な時間を、とても幸せだなと感じる。

●10月19日（月曜日）　綾瀬沙季《さき》

月曜日の午前0時をすぎていた。

気づくと考えこんでいる。文化祭のときの約束とも言えない約束のこと。

ふたりでどこかに行こうね。そう確かに決めた。

そのときからずっと私はどこへ行こう、どうやって誘えばいいんだろう、行って何をしたらいいんだろうと考えている。

でも、浅村くんはそんな約束なんてすっかり忘れたかのようにふつうに接してくるから、こうして私は不安になっているのだ。

なんだか、私だけが気を回しすぎているようで、どきどきしているようで……こうしてベッドのなかでももやもやしていて。ああもうこんなんじゃまた寝不足になっちゃう。

今日はもう月曜日。起きたら学校に行かなくちゃいけないのに。

布団を頭の上まで引き上げてぎゅっと目を瞑《つぶ》った。寝ちゃおう。そう決心したとたんに耳にかすかに着信音が届いた。

「ん、もう」

しかたなしに携帯を見れば真綾《まあや》からのＬＩＮＥの通知だった。

「何時だと思ってるの……」

独りごちながら私はメッセージを開いて目を通した。

『寝れなーい』

あんたもか。

ため息をつきながら短く返事をする。

『寝な』

『考えだしたら、もう止まらないの！　いま動画観《み》てたらさ、変なこと言ってるひとがいてね』

『……なに？』

『確かに確認しました！　って言ってて。おかしくない？　だって、確かに認めるから確認って言うんじゃないの？　いにしえの昔だよ。馬から落ちて落馬してるよ。日本語の乱れだよー！』

いやどうでもいいし。

『でもね。考えたの。じゃあ、確かに認めました、って言い換えられるかなって。そしたら、なんかそれはそれで日本語がおかしい気がしてきて……確かに確認しましたって言いたくなっちゃうの！』

さらにどうでもいい話だった。

『寝な』

『ひどいー！　いっしょに考えてよー！』

『そもそもなんでこんな時間まで動画観てるの？』

うっかりそう訊《たず》ねたら、どかっと理由を伝えるメッセージが送られてきた。

だいたい真綾《まあや》のＬＩＮＥはいつも長いのだ。なんで携帯でこんなに長い文章を打てるのかっていうくらい。

要約すれば『観たい深夜アニメを観てたら目が冴《さ》えた。しかたないのでそのまま配信動画を観てたら、もっと目が冴えてきた』ってことらしかった。

そんなんで、友人まで巻き込むな。

だいたい、最近ならばほとんどのアニメが配信サービスでいつでも観ることができる。時間に縛られる必要なんてなくなったんだよ、と力説していたのは真綾自身だったでしょ。

なぜ深夜アニメを深夜に見る必要が？

『配信サービスも使うけど、それはそれとしてリアタイでも観たいの！　いま、この瞬間に世界中の人々と一緒にこのアニメを観て同時に感動してるんだっていう感覚がちょー良いんだってば！』

『他の人が感動してるかどうかなんてわかんないでしょ』

『あーあーあー、そーゆーこと言っちゃいますかぁ、沙季《さき》の介《すけ》！　拙者は見損ないましたぞ！』

沙季《さき》の介《すけ》って……。

誰だそれは。

『……あ、指が疲れてきた。攣《つ》りそう』

なにやってんだか。

『まだ起きてるなら、通話にしない？』

だから巻き込むなと……。はあ。もう寝るんだけどな。そう考えつつ、私はちょうど訊《き》いてみたいこともあったと思い出し、『わかった』と送った。送った瞬間にもうコール音が鳴った。速い。さては通話ボタンに指をかけてたな。

「あろはー、沙季」

「ハワイに移住したの？」

「涼しくなってきたから気分だけでも温めようと思って」

「……切ろうか？」

「あーん。やだやだ！　かまってー！　……ていうかさ」

「なに？」

声のトーンを急に変えるな。びっくりする。

「沙季さあ。なんか、わたしと話したいことがあるんじゃない？」

「……は？　いや、べつに」

「ほんとにぃ？　沙季って基本マイペースじゃん。いつもなら夜に電話かけてもほとんど付き合ってくれないじゃん」

「うっ」

「沙季も話したいことがあったからこそOKしてくれたのかなーって」

「はあ……無駄に鋭いなぁ、もう」

降参、とため息をつく。

自然な形で話題を誘導していこうと思っていたのだけど、意外に目ざといこの親友に、そんな小細工は通用しないみたいだ。

「やっぱりあるんだ」

「どこへ？」

「ええと、ね。仮に、だよ。真綾《まあや》が、もし男の子とどこかに出かけたいとしてさ――」

「えっと。うんまあ、場所はとりあえずどこでもいいんだけど、どこかに行きたいって思ったとするよ」

「うん。はい。思いました」

「どうしたら変な感じにならず、誘える？」

「浅村《あさむら》くんとどっか行くの？」

っ！

「ひ、ひと言も浅村《あさむら》くんだなんて言ってないでしょ」

「沙季《さき》、他のひとだったらそんなこと気にしないじゃん。どこかの世界一のスナイパーさんの業務連絡のようにクールに伝えて事務的に淡々と遂行するじゃん」

「……真綾《まあや》が私をどう見てるかはよくわかった」

「沙季が誘い方を気にするひとなんて、他にいないでしょ」

そんなことは……。

「新庄《しんじょう》は撃沈したみたいだし、どう考えても浅村くんだって」

「真綾。言っておくけど。仮にね。仮に相手が浅村くんだとしても、真綾が想像してるような理由で一緒に出かけたいわけじゃないから」

「ふーん」

かつてないほどまったく信用してないことが伝わってくる「ふーん」だった。

携帯を握りしめる手に思わず力が入ってしまう。

真綾が怪しみつつも言った。

「言い訳が肝心だね。自然な理由で誘わないと、何か他意があるんじゃないかって警戒されちゃうから」

「ないよ、他意なんて」

「ふーん」

「ないならなおのことでしょ。断ってほしくないわけでしょ」

「だから――」

「それは、まあ」

断られたら……なんて考えたこともなかった。でも、そうだ。私はなんでその可能性を考えてなかったんだろう。浅村くんは私となんて別にお出かけしたくないかもしれないのだ。だってあれから何も言ってこないし。

どうしよう。もしそうだったら。

「たとえばなんだけど。……聞いてる？」

「あ、うん。もちろん」

「ここにいる奈良坂《ならさか》真綾という女の子は明後日《あさって》に誕生日を控えています」

「あ、おめでとう」

「軽っ！　速っ！」

「当日に言ってあげたほうがよかった？」

「いいけど。で、さ。『奈良坂真綾の生誕祭のため』って名目で一緒にプレゼントを買いに行けばいいと思うんだ」

「バースディパーティー？　そんなの企画してたの？」

「してないよ。正確には、してなかった、かな。沙季たちの言い訳になるために、誕生日会を開いてあげるとしよう」

「大げさすぎない？」

「すぎない。だって、来賓は沙季《さき》と浅村《あさむら》くんだけだもん」

それはもはや誕生日『会』とは言えないのではなかろうか。たんにふたりで真綾《まあや》の家に遊びに行くのと何がちがうのか。

「だから良いんだって。緊張しなくて済むでしょ。それでいてお出かけの言い訳としては無理がない！」

なるほど。

たしかに真綾ならば何度か家にも遊びに来たことがあるし、彼女の誕生日会と言われれば浅村くんにとってもハードルが高くならないだろう。

「でもいいの？」

「なにが？」

私とちがって真綾はクラスの人気者だ。それこそ誕生日会を開きますと言えば、クラスメイトどころか校内中から参加者が集まりそう。むしろ毎年誕生日会を開いていると聞かされたほうが納得できた。

そう訊《たず》ねたら、家に全員招けないから結果的に来ることを断るひとが出るのが嫌なのだという答えが返ってきた。それくらいならやらないほうがいいと。ただ友人が多いだけじゃなくて気遣いまでできるとは。完璧か。

「けど今回は地味に応援してる沙季と浅村くんの恋愛の後押しになるならやりたいかなって思ってさー」

「だからそういうのじゃないって」

「んじゃ、このあと浅村くんにも誘いのメッセ送っておくねー。あ、呼ぶのはふたりだけってのは内緒にしとく。当日のサプライズってことで」

言われて時計を確認すればもう2時。

布団から出している肩が冷えていた。

「ああ、こんな時間まで話して……眠るの遅くなって、明日遅刻したらどうするの」

「わたしは3時間寝れば全回復できるから大丈夫！」

「少なすぎない？」

「心配してくれるの？　だいじょうぶだよ。ちゃんとトータルでは6時間寝てるから」

いつ寝てるんだそれは。

「それは私はちょっと……なるべく浅村くんより早く起きて、身支度とかやっちゃいたいんだけど」

「完璧な姿ばかり見せるんじゃなくてさ。すこしぐらい隙を見せたほうが可愛《かわい》いって言ってもらえるかもよ～」

「そんなこと――」

文化祭のときに気づいた。私は可愛《かわい》げを見せるのが苦手だ。

「まあ、わかるけど……」

「おお！　言うようになったじゃん、沙季《さき》っぺ」

だからそれはいったい誰なの。

「男の子って、そういう意外性が好きなんだって」

「ほうほう。誰から聞いたのかなー。あ、そうか。それなら、当日もちゃんと家に戻って着替えておいで」

「わざわざ？　私たちだけなのに？」

「意外性だよ、意外性！　それなら二日続けてデートできるでしょ！」

たんなる、真綾《まあや》の誕生日会でしょうが、ああもう。

「……もう寝る」

「あーい。おやすみー」

おやすみなさいを言って通話を終わらせた。

真綾ってばからかってくるばかり。まったくもう。

でも、「隙」か。そういうのも可愛いって言ってもらうには必要なのかな……。

いやいや。考え直したほうがいいぞ、綾瀬《あやせ》沙季。だからって、わざと弱みを見せるとかないから。ないない。

布団を被《かぶ》って眠りなおした。強引に目を瞑《つぶ》る。

——ないってば。


普通に寝坊した。

しかも、洗面所へと行こうとしたら浅村《あさむら》くんと鉢合わせて寝起きの姿を見られた。

恥ずかしい。鏡で見たら寝癖まで。こんな恥ずかしい思いをするなんて。やっぱり私には自分から隙を作るなんてできそうもない。

真綾の誕生日会については、彼のほうから切り出してきた。どうする？　って尋ねられて。頭のなかで考えていた色々な言葉がぜんぶ吹っ飛んでしまう。心臓の音が聞かれてしまわないかと心配になるくらいドキドキしていた。

平静を装って返事をする。

「せっかくだから祝ってあげようって思ってるけど。浅村くんは？」

そう聞き返す。そしてさりげなくプレゼントの話を……と思ったら、それも浅村くんのほうから言い出してくれた。うそでしょ。もしかして心のなかを読まれてるんじゃ。

浅村くんは女子にプレゼントなんてしたことないっていう話で。

そうか。ないんだ。って、なんで私ちょっとほっとしてるんだろ。まあ、私だってお母さん以外にプレゼントなんてしたことないけど。言わなくちゃ。

心の中でぐっとこぶしを握りしめる。

「プレゼント、買いに行く？」

もしかしたら声が震えていたかも。

浅村《あさむら》くんから、でも、と否定の言葉が返ってきたときにはぎゅっと心臓を握りつぶされたかと思った。

けど、ちがった。浅村くんは近場での買い物だと学校のひとたちに見つかってしまうかもしれないと気にしていたのだ。それは私もいやだ。だからすこし遠出をしてプレゼントを買いに行かないかと浅村くんは提案してきた。

小さく頷《うなず》きを返す。

「文化祭のときのこと、覚えてる？」

おそるおそる問いかけた。もしかしたら優しい浅村くんだから、ほんとにただ私の友人のためにプレゼントを選ぶだけの心積もりなのかも。

でも返ってきた答えは——。

「もちろん」

嬉《うれ》しい。

確・か・に確認できて、よかった。

書店のバイトは続けている。

私は、浅村くんとふたたび同じ日にシフトを入れるようになっていた。

今日のシフトは三人。私と読売《よみうり》先輩がレジ係で、浅村くんは売場に出て『場所空け』を行っている。

客の列が途切れたとき売場で作業してる浅村くんをなんとはなしに見つめていた。読売先輩にその視線を指摘され、やっぱり後輩君のこと気になってるよね、と笑われる。

たまたまです。たまたま。

「ふーん」

まったく信用されてなかった。

レジ前に人が並んでおらず暇だからだろう。さらに話しかけてくる。

「そういえばハロウィンが近いねえ」

「31日ですよね」

「そう。10月の末日。ハロウィンはオール・セインツ・デイ――万聖節《ばんせいせつ》の宵祭りだからね」

「万……ええと？」

「万聖節。11月1日だよ。すべての聖者のために祈る日。すべての愚者のための日が万愚《ばんぐ》節《せつ》。4月の1日」

「あ、エイプリルフールですか」

「それそれ。四月馬鹿だね。でも、なぜか11月1日はノベンバーセイントって言わないんだよう。それとも言うのかな？　知ってる？」

「いえ、知りません」

「で、ハロウィンと言えばここ、渋谷《しぶや》なんだけど」

話題がころころ変わるのは読売《よみうり》先輩と話しているといつものことだ。そのテンポに付いていくのがやっとのときもある。ほんとに頭の回転が速い。まあ、あの工藤《くどう》准教授と頻繁に会話していれば速くもなりそうだとは思う。

私は読売先輩の大学のオープンキャンパスに行ったときのことを思い出して、ちょっとげんなりした。

「渋谷が不夜城と化すのがハロウィンなのだよ」

「ああ、なんか仮装の聖地みたいになってますよね、最近」

渋谷センター街は、毎年テレビ中継されるくらい仮装した人々で賑《にぎ》わう。それこそ肌も触れ合わんばかりに混み合うのだ。

「毎年、ひとが一杯で鬱陶しいですよね。さすがにその時期はセンター街には近づきたくない、かな」

「ところが沙季《さき》ちゃん、我々には鬱陶しくとも近づかねばならない理由があるのだよ」

「えっ、なぜですか？」

「バイトがある」

あっ……。

思い返してみると自分も、そして浅村《あさむら》くんも31日にシフトを入れていた。さらに読売先輩もシフトに入っているそうだ。

「せっかくなら仮装でもしてこない？」

読売先輩が言った。

私はレジの中だというのに首をぶんぶんと横に振ってしまった。とんでもない。

「でも、ネコミミつけたり魔女の帽子を被《かぶ》ったりしたら可愛《かわい》いんじゃゃない？」

「可愛い……」

「あ、そこは興味あるんだ」

べつに、と返す言葉から力が抜けているのは自分でもわかっていた。やっぱり浅村くんを意識してると思うんだけどなぁと言われ、顔が熱くなる。

浅村くんが売場から戻ってくる。

「じゃ、入れ替わりで私がメンテナンスだね」

とだけ言って、私はさっとレジから出てしまった――変に思われなかったよね？

その日の帰り道。

冬を思わせる冷たさに私はかじかむ手をこすり合わせながら歩いた。

隣には浅村《あさむら》くんがいて、自転車を押している。

こういうとき私という人間の底の浅さが知れる。どういう会話をすればいいのか思いつかない。浅村くんが喜んでくれそうな話題。だめな女だなと思われずに済む会話のしかた。そんなの全然。

かじかむ手に息を吹きかけて時間を稼ぐのが精一杯で。

冬服が似合っている、なんて言われた。……気を遣わせちゃったのかな。

ポケットの中に入れてしまった手を軽く握る。ようやく捻《ひね》り出《だ》した言葉が。

「明日の放課後、楽しみだね」

泣ける。

でも、浅村くんは——。

「そうだね」

と返してくれた。楽しみにしてるのが自分だけだったら恥ずかしいなと思っていたけれど、浅村くんがすぐに同意してくれて。

傍《かたわ》らの男の子の顔をそっと見る。嬉《うれ》しい。

冷たいままポケットに入れた手をそっと開いたり握ったり。気の利いた話題を探すのって難しいなって思った。

ふたりで淡々と歩いてた。でも……今はこれでもいいかな。

家の扉を開けて互いの距離が離れるのがちょっとだけ残念だった。

●10月20日（火曜日）　浅村悠太《あさむらゆうた》

その日は、昼を回ったあたりから落ち着かなくなっていた。

午後の最初の授業は現代国語で、教科書を朗読するクラスメイトの声が、まるで異邦の言語であるかのように脳から滑り落ちていく。

さっぱり頭に残らないのは、さっきから俺がたったひとつのことに思考を集中させているからだ。

つまり、綾瀬《あやせ》さんとの買い物デート。

俺が悩んでいるのは、どうやってデートを成功させるかってこと。

一緒にいるときを楽しんでほしいとまで言える自信はないけれど、せめて退屈な気分にさせたくなかった。

「何を唸《うな》っとるんだ、浅村よ」

顔を上げると、前の席に座っている丸《まる》がこちらに体を向けてそう訊《たず》ねた。

「ちょっと、丸。いま授業中だよ」

そう返したら呆《あき》れた顔をされる。

「なにを言ってる。とっくに終わっとるぞ」

「へ？」

慌ててあたりを見回せば、クラスメイトたちはもう席を立って移動を始めていた。そういえば六時限目の化学は特別教室で実験だったっけ。

「心、ここにあらずだな。心配事でもあるなら相談くらいは乗るぞ。役に立てるかどうかは別だがな」

「そこで任せろって言わないのが丸らしいね」

「俺はできないことは約束せん」

だからこそ信用できるとも言える。でもなぁ。

「この前の続きか？」

「そういうんじゃないけど……」

親友の顔を見ていたら、ふと、こいつが前に言っていたことを思い出した。

「丸はさ、好意をもっている相手には、気を遣っていることを相手から見えるようにするのも大事だって言ってたよね」

「言ったが……そう、大事なのは過程だからな。結果だけでは信用でききん」

なんだやっぱりその話か、と、そういう顔をされた。ちがう……とは言えないけど、ちがうんだ。いやちがわないけどさ。

ところで。

「結果だけでは信用できないって」

どういうこと？

「化粧なんぞに興味のない男がだな。化粧して綺麗《きれい》になってきた女を見て、自分のために頑張ってくれたんだな、などと正確に判断できると思うか？」

「えーと」

「できる奴《やつ》は自分でも化粧を頑張ってる男だけだと思うがな、俺は」

「あー、確かに」

俺は昨日の綾瀬《あやせ》さんを思い出していた。

ぎりぎりまで寝坊したときの寝癖顔を見たからこそ、ふだんの綾瀬さんの武装だという整えた姿の凄《すご》さを実感できたわけで。

「結果なんぞ、結果に過ぎん。野球も同じだ」

「スポーツはそれじゃまずいんじゃないの」

「試合結果に一喜一憂するなということだ。結果にあぐらをかくなんぞ、俺には十年早い。対戦相手のしてきた努力を見抜けなければ自分の向上はそこで終わる。俺は油断はせん」

なるほど……ストイックだなあ。

「だから、相手のしてきたことの過程を見るようにしてるってことだね。で、それは付き合う女性に対しても同じだと」

「そういうことだ。さらに言えば、野球では努力なんぞ見せつける気はないが、好きな相手ならば別だ。あれだ。レストランの料理より美味《おい》しくなくとも、彼女の手料理は嬉《うれ》しいものだろう？」

綾瀬さんの手料理は外食よりも美味しいけどね、実際。

「頑張っている、がアピールに繋《つな》がる場もあるということだ。まあ、俺ならおまえにはそうしろとは言わないがな」

「……言ってること矛盾してない？」

「浅村《あさむら》よ、おまえは例外だ」

俺は首を捻《ひね》る。

そこで自分が例外扱いされる理由がわからない。

「なんだ、ほんとうに気づいてないのか」

「どゆこと？」

「おまえ、わかりやすいぞ。だいじょうぶだ」

俺は丸《まる》の言葉に一瞬、虚を衝《つ》かれて言葉を失ってしまった。わかりやすいって……。

「だから普通にしてろ。おまえなら、それで伝わる」

「ええと？」

「安心しろ。浅村悠太《ゆうた》よ。おまえにはおまえが思っているほどの器用さはない。努力を隠し通せるほどの器用さはな。小器用に逃げるな。全力でぶつかるだけでいい」

それ聞いて、安心できるわけないと思うんだが。

なんだそれ……普通。普通にしてろって……普通ってなんだっけ？

「却《かえ》って、どうしていいかわからなくなったんだけど？」

丸《まる》がいつまでも笑っているので特別教室への移動が遅れて遅刻しそうになった。

放課後、一度帰宅したのは着替えるためだった。

制服を着たままでは目立つと判断した。それに、それでは仲のいい男女のデートにはふさわしくないだろうという程度の分別は、俺にだってつく。

さて……服、どうしよう。

結局よい考えは浮かばなかった。

そして、デート相手と同じ家に住んでいることには意外な問題が転がっていることに新たに気づかされる。

服装のチェックを洗面所の鏡で行うのが難しい。

何度も洗面所と自室を往復したりすれば、こちらのドタバタぶりなんてぜんぶ伝わってしまうわけで――。

丸は見せつけろと言ったけどさ。無理だって。

かといって、男子高校生の部屋に大きな姿見などあるわけもなく。

悩んだ末に頼ったのが、現代を生きる我らの万能ツール携帯の自撮り機能だった。目の高さにスマホを固定して全身を映せる距離に離れれば簡易の姿見に早変わりとなる。

「やっぱり、これかな」

自分ではこれがしっくりくる、という服を選び抜いたものの、それは俺がいつも着ている服と大差がなかった。普通だ。黒のジャケットに明るめグレーのニットセーター。そして黒のデニムのパンツ。

悪くない、と思うけれど。やはり自分の感覚だけではうまくジャッジできそうにない。

「……他の男子も、わりとやってるらしいし」

気の迷いかな、と思いつつ、俺はそのままスマホの撮影機能で写真を保存して、新庄《しんじょう》にLINEで送ってみた。

妹さんの意見を聞いてみたい、と。

ふだんなら絶対やらないことをしてる自覚はある。ただ、綾瀬《あやせ》さんにダサいと思われるリスクと天秤《てんびん》にかけたら、見ず知らずの女子中学生に痛いと思われたほうが百倍マシだ。

……が、そこでふと気づく。

よく考えたらいまは新庄は部活中だろうし、妹さんも暇じゃないだろう。家を出る時間までに返事を期待するのは無理かもしれない。

そんなことに頭が回らないなんてどれだけ切羽詰まってるんだろう、俺は。

と思ったら既読はすぐについた。ちょうど部活の休憩時間だったらしい。

しかも返事も迅速だった。

『妹から速攻返事きた』

変な汗が出る。

いまさら、見ず知らずの女子中学生に自分の写真が共有されてしまった事実が恥ずかしくなってきて、体が熱くなってきた。

ふるえる指でかろうじて返信する。

『なんて?』

『ふつう、だってさ』

『え?』

『ふつう、ってひと言だけ返ってきた』

というメッセージと同時に妹さんとのやり取りらしいLINEのスクショが送られてきた。

それは、興味なさすぎて適当にあしらわれただけなのでは……。

面白味《おもしろみ》に欠ける服装、ってことなのだろうか。

『ごめん。休憩終わり』

最後にそれだけ言い残して新庄《しんじょう》の返信は途切れた。

俺は、ありがとう、の意味を込めたスタンプを返して、大きなため息をついた。

完全にミスった。

微妙な評価だけが返ってきたら、ますます不安になるだけで何も改善しようがないじゃないか。アドバイスをもらえるだけの時間がないのに他人を頼ろうとしたのは大きな間違いだった。

「妹、か。……仲良すぎないか？」

新庄とその妹のLINE画面のスクショを眺めて、ぼそりとつぶやく。

こうして何気ないやり取りをすぐにできる時点で、兄妹《きょうだい》仲はかなり良いほうだと思う。一般的な兄妹関係というものを知らないから、これがふつうなのかどうかまではわからないのだけれど。

そして、ふと思う。

もしも服装の意見を聞きたいからと言われて他の男子に自撮り画像を送られたら、俺は綾瀬《あやせ》さんに転送するだろうか。

なんとなく、やらない気がする。なんだかんだと理由をつけて、きっと断るだろう。

綾瀬さんの口から、他の男子の評価を聞きたい気持ちにはなれないから。

新庄だってきっと妹をぞんざいに扱っているわけじゃなくて、しっかりと仲が良くて、信頼関係を築いた上で、べつにそうしてもいいと思っているから身近な男の写真を妹に送っている。

それで特に嫌な想《おも》いはしないというのが、仲のいい兄と妹の在り方だとしたら。

俺の感情は、やっぱり兄妹《きょうだい》のそれとしては異質なんじゃなかろうか。

「そろそろ行ける？」

扉の向こうから掛けられた声に俺は思考を中断した。綾瀬《あやせ》さんのほうは、準備ができたみたいだ。

「ああ、だいじょうぶ……だと思う」

服装にはまだ自信がないが、いつまでも粘っているわけにはいかない。もう割り切っていくしかなかった。

扉を開けると、ダイニングのソファで待っていた綾瀬さんが立ち上がる。

その姿を見て、俺は息を呑《の》む。

さすがは綾瀬さんだと。

ワインレッドのニットのトップスに色の差が映えるモスグリーンのアウターを羽織っていた。補色なのに目がチカチカしないのは彼女の色選びのセンスが良いのだろう。

ニットを押し上げている胸元には三角形のペンダントがのっている。

綾瀬さんは俺の中では制服を除《のぞ》けばパンツルックが多い印象だった。でも今日はスカート。それも膝下15センチ。だからだろうか、おとなしめの印象を受ける。

いつもは「武装」と言うだけあって、綾瀬さんの服装は、ふつうの男子高校生にとっては近寄りがたさを醸し出す感じなのだけれど、今日の綾瀬さんはそこにちょっとだけ親しみやすさを感じる。

きれい、なだけじゃない。かわいい。

俺の個人的な感覚なのかもしれないけどさ。

「じゃ、行こ」

「ああ。……ちょっと待った」

「なに？」

急に呼び止められた綾瀬さんは、ブーツに足を入れようとしていたのを中断して振り返る。

「忘れ物でもしたの？」

「そうじゃなくて。家から渋谷《しぶや》駅までの間って、ふたりで行動しても大丈夫かな」

「私服姿でふたりで行動、か。……これぐらいなら、ふつうの兄妹でもやるだろうし、私は気にしなくていいと思う」

「それもそっか。ごめん、変な気の回し方をした」

「ううん。大事なことだから、気づいてくれてありがとう」

判断が難しいところは、すり合わせていこう——。そう言ってくれる綾瀬さんに、ホッとした気持ちになる。
……ああ、本当に。こういうところが、すごく好きだ。
そうして、俺たちはふたりそろってマンションを出た。
渋谷《しぶや》駅で電車を待っている間、ふと俺は違和感を覚える。
はじめは自分が何を気にしているのかさえわからなかったけれど……。
しばらくなんとはなしに互いに視線を向け合っていて気づいた。綾瀬《あやせ》さんの顔、という
か表情だ。なんだ、この爆笑を堪《こら》えてるときみたいな顔つきは。
こちらをちらちらと窺《うかが》っては口の端をひくひくさせている……気がする。まさか俺の服
装を見て笑っている――ような性格じゃないはずだしな。
どこか服装におかしなところを見つけてしまった、とか。
気になってるけど指摘したら傷つけちゃうかも。
だから言えない。
そんな気遣いをされてしまっているのではなかろうか。
疑えば疑うほど、ありそうな気がしてきた。
俺は頭を軽く振って妄想を脳から追い出した。正解でも不正解でも気まずくなりそうな
ので、訊《き》くのもやめておく。

でもなあ。どう見てもなんとなく様子がおかしいんだよな。

ええい、気にしたら負けだ。そもそもこうやってじろじろ綾瀬さんの表情を盗み見るのはどう考えても失礼だろう。

俺は意識を綾瀬さんから剥《は》がし、電車に乗り込んでからはなるべく視線を向けないように気をつけた。

二十分弱で俺たちは池袋《いけぶくろ》駅に着いていた。

ホームから階段を降りて一度地下に行き、北改札を通り抜ける。

東口の待ち合わせ場所として有名な石像の横を通りすぎ、階段を上がって地上に出ると、広々とした道路に出る。

サンシャイン通りを進んでいくとアイスクリーム屋やクレープ屋に喫茶店、靴屋に古着屋にアパレルショップ、ゲームセンターに映画館、多種多様な店が目についた。繁華街の名に恥じない充実ぶりで、仲のいい相手と時間を過ごすのにうってつけだからか、道行く人も友人や恋人同士など、複数人でつるんでいる姿が目立った。

「うわ……」

道端で艶《なま》めかしく体を絡め合い、キスをしているカップルを目撃してしまい、反射的に声が漏れた。

すると隣にいる綾瀬《あやせ》さんが肘で軽く脇腹をつついてきた。

「じろじろ見たら失礼だよ」

「ごめん。考えるよりも先に、声が出てて。軽率だったよ」

「気持ちはわかるよ。……ああいうの、いきなり見せられるとびっくりするよね」

苦笑を交わし合い、俺たちはばつの悪い感情を交換した。

人間の感情って不思議だなと思う。他人がどこで何をしようがその人の勝手で、第三者の目線でその行動の善《よ》し悪《あ》しをどうこういうのは違うだろう、というのが俺の基本的な考え方だ。それなのに、いざ急に目の前でキスを見せられると面食らってしまう。

アンケートで「あなたはカップルが人前でキスすることをどう思いますか？」と問われたら、間違いなく「特に何も思わない」と答えるのに、なぜかいまこの瞬間、脳は瞬時に異常な光景を目にしたと判断してしまった。

たぶん前者は俺が理性で良しとしている感性で、後者は本能に刻まれた感性なんだと思う。これまでの経験や知識をもとに塗り固められた理性による価値観は、とつぜん脳味噌《のうみそ》をバグらせる何かに直面すればたちまち剥《は》がれ落ちて、その内側が覗《のぞ》いてしまうものなのかもしれない。

「綾瀬さんは、やりたいと思う？　ああいうこと」

「さすがにないかな。もしやりたいって言われたら、ちょっと引くかも」

「同感。すり合わせるまでもなかったかもね……」

「ううん、大事なことだから」

人前でのキスは、したいことに含まれない。していいことにも含まれない。

実際、兄妹《きょうだい》でそんなことしていたら大問題なのはあきらかで、考えるまでもないけれど些細《ささい》なことでも言語化は大切だ。

と、そんなカップルたちの光景に圧倒されながら綾瀬さんとふたり、奥へ奥へと進んでいくと、やや外れた通りに出た。

すると大きな青い看板を掲げた建物が見えてくる。サンシャイン通りの真ん中に引けを取らない盛況ぶりで、その建物の入口は大勢の人でごった返していた。

「あれ？　ここって……」

「アニメ系の専門店。けっこう有名で、品ぞろえもいいらしいよ」

知ってる。系列店が渋谷《しぶや》にもあって、以前、丸《まる》に連れて行かれたことがあるから。

綾瀬さんに促されるままにここまで来てしまったが、ここで俺はようやく自分たちが何を目的としていたのかを思い出した。

「ええとさ、綾瀬さん」

ん？　という顔で俺のほうを見る。

「奈良坂《ならさか》さんのプレゼントを買いにきたんだよね？」

「そうだよ」

「ここで買うの？」

高校生女子の誕プレを買う場所からもっとも遠い場所に来てしまった気がするのだが。

「あの子、こういうの好きなんだよね」

店の前に貼り出されたアニメのキャラクターを指さしながら言った。

俺は驚いてしまう。

自分もラノベを読むくらいだからオタク趣味に偏見はない。グッズを買い漁《あさ》るタイプではないだけで、おそらく傍《はた》から見れば本を買い漁っている俺も同じように見られているはずだ。いや、俺の話はどうでもよくて。

まさかあんなに陽キャでクラスの中心にいるような女の子がアニメ好きとは――という偏見は特にない。ただ単純に、これまでの会話でそういう素振りを見せてこなかったから意外だったのだ。

「ほら、真綾《まあや》の家って弟がいるって話をしてたでしょ」

「そういえば」

「弟と一緒に配信サービスのアニメなんかを観《み》てることも多くて、いろいろと知っているんだって。家事のおともにちょうどいいとかも前に言ってたし」

「弟さんの影響だったんだね」

「今では誰かの影響というより、すっかり自分がハマっちゃってるみたいだけど」

だからこその、好きなアニメのグッズでも買ってあげたら喜ぶのではないかという綾瀬《あやせ》さんの提案だった。

大勢の客が詰めかけている入口をどうにかすり抜けて、店の中に入る。

「広いお店……。どこを見れば」

「適当に見て回ってあたりをつければいいんじゃないかな。何がどこにあるかもよくわからないし。奈良坂《ならさか》さんの趣味もわからないから」

「だいじょうぶ。そこは任せて」

俺たちはプレゼントになるグッズを探して店内を泳ぐように進んだ。

そして丸《まる》との付き合いで見て回っていただけでは気づかなかった現代のグッズ事情を知ることになる。

女性向けと思《おぼ》しき売場では、俺が漠然と想像していた『THEアニメグッズ』といったグッズばかりでなく、推しの所属する学生寮の寮章をモチーフとしたキーホルダーや手帳などもあった。

隅にさりげなくデザイン化されたモチーフが仕込まれている感じだから、ぱっと見には品の良い小物類にしか見えない。

「これはけっこう普通に……」

「うん。カッコいいよね」

「綾瀬《あやせ》さんからもそう見えるんだ」

「こっちは――」

言いながら綾瀬さんが指さした隣の棚には俺たちが子どもの頃から見慣れたキャラクターのデフォルメされたぬいぐるみやキーホルダーもしっかり売っていた。

「――ちょっと普段使いしづらいけど」

「なるほど」

ええとつまりこれは商品展開の幅が広がったってことか。そういえば、何かの折に丸《まる》と話したことがあった。拡大を続けるオタク市場がもたらしたものはオタクの一般化であり商品の多様化である、とか。

とはいえ、オタク趣味とお洒落《しゃれ》が両立するという感覚はもっていなかったので、俺としては軽い驚きだった。

そこでハッとして周囲を見てみると、ショップに来ているお客さんたちも、俺の目から見てふつうにきれいな恰好《かっこう》をしていることに気づかされる。

男女比も半々……どころか、女性のほうが多かった。

そういえば前に綾瀬さんに整えているわけでもないのに眉の形がきれいだと羨ましがられたことがあるけれど……。よく見れば確かに女の子だけでなく、男女ともにきれいな形の眉が多い。遺伝子が劇的に変化したのでもなければ自分で整えているのだろう。

なるほど、だから綾瀬さんも俺が手入れをしていると自然に考えてしまったわけか。外見に気を遣うタイプのオタクも増えているんだぞ、と丸から聞いていたけれど、これほどまでか。

「真綾《まあや》くらい社交的で堂々としていると、逆にどっちでもいいんだろうけど」

「たしかに……」

奈良坂《ならさか》さんならば何を持ち歩いてても『奈良坂さんだから』で通りそうな気がするから恐ろしい。

そうは言ってもこれから選ぶのは贈り物なわけで。やはり贈り主としては相手の笑顔が見たいしな。

綾瀬さんの意見を脇から聞きつつ、奈良坂さんが最近ハマっているらしきアニメ（子ども向けらしく、俺はそのタイトルを知らなかった）のマグカップをひとつ購入することになった。アニメの関連商品だということは、カップに添えられているエンブレムからしかわからないやつだ。

家族が多いということは食器類はあっても困らないだろうし、弟たちがアニメを観《み》ているならば、奈良坂さん本人が使用しなくても弟たちに使ってもらえるかもしれない。

「ふう。ありがとう綾瀬さん、参考になったよ」

「そう？　それなら良かった」

包装されたプレゼントを入れた紙袋を手に持ち、俺たちは店を出た。

日没の時刻である午後の5時をもう越えていた。あたりはすっかり暗くなっている。

「そういえば、綾瀬《あやせ》さんは買わなかったけれど、だいじょうぶ？」

「ちょっと考えなおした。明日駅前に出て買ってくる」

そう答えてくれたものの、何を買うつもりなのかまでは教えてくれなかった。


電車に揺られながらの帰り道。

結局、あまりデートっぽくはなかったなと思い返す。

ふたりで取《と》り留《と》めのない会話をしながら店を回るのは楽しかったけれど、手を繋《つな》いだわけでもなく。行き先も男女で楽しむようなデートスポットかというと、どちらかといえば丸《まる》と来るような店だった。そういえばゲームセンターとかアパレルショップはいくらでもあったのに、綾瀬さんが興味を示さなかったので入らなかったっけ。

デートの定番スポットなのに。

そして、奈良坂《ならさか》さんのプレゼントを買ってからほぼすぐ帰りとなったわけで。

念願の『ふたりきりのお出かけ』だったはずなのに何か物足りなさを感じている。今思えばファストフード店にでも寄って、ひと休みしてから帰ってもよかったかな。まあ──

家に着いたらすぐに夕食だから食べるのを控えたってのもある。

しかも綾瀬さんは終始笑みを浮かべていたのだけれど、やはりどこかぎこちない感じがしてて。その理由が俺にはまったくわからない。漠然とした違和感だけだから言葉にできなかった。違和感の正体さえわかればすり合わせようもあるのだが。なんなんだろうこれ。まったくもって気になる……。

揺れる電車のなかで俺の気持ちも同じようにガタゴトと揺れる。線路脇に灯《とも》る明かりの数を数えているうちにどうにも抑えられなくなり、開き直って訊《き》いてみることにした。

あたりさわりのない話をすこししたあとで、思い切って口にする。

「俺の服、どこか変だった？」

「え、ぜんぜんそんなことないけど。どうして？」

驚いた顔をされて、そんなことなかったか、と安心する――ほど俺は自分を信用していなかった。

「俺はさ、服装や髪型とか綾瀬さんに比べて無頓着だから」

ファッションには自信がなくてね、と、つい本音を晒《さら》してしまった。

「浅村《あさむら》くんらしくていいと思うけど」

「うん。ありがとう。けど――」

そう言ってくれるだろうことはなんとなく想像していた。

「綾瀬《あやせ》さんの恰好《かっこう》は、それってお洒落《しゃれ》だね、って言われることを意識しているよね」

「まあ」

「で、熟慮した上で、それが自分の今考える最高の恰好だと思っているわけだ、たぶん」

「まあ」

「俺も、とてもよく似合っていると思う」

言った瞬間、綾瀬さんの表情が崩れた。えっ、と声まで出ていた気がする。

「……ありがとう」

お礼を言われてしまったし、なんだかぎこちなかった笑顔がますます固まっている気がするけれど、そのときは正直俺のほうもいっぱいいっぱいで、綾瀬さんの表情変化を追っている場合じゃなかった。

「でもさ、俺は自分に似合う恰好というのが、そもそもわからないんだ。自分の中に知識もないし。自信がないから、らしくていいって言われてもピンとこなくて」

「えーと……つまり浅村《あさむら》くんは、『世間的に見て恰好いい』というファッションをしてみたいわけ？　あまりそういうイメージなかったけど」

「覚えておいて損はないとは思ってる。好きになれるかどうかは別としてね。フォーマルってそういうことかなと」

「ああ……なるほどね。そう聞くと、浅村くんらしい考え方かも」

単に自信がないだけ、だと思うけど。

「知識としてデートフォーマル……みたいな服装について知りたいけれど、自分の判断基準に自信がないってことでいい？」

さすがは綾瀬さん。理解が早い。

「そう」

「う〜ん」

綾瀬さんは何やら俯《うつむ》いて考えこみ始めた。

電車が一駅を通過するほどの時間を費やしたのちに顔をあげる。

「帰りにもう一軒、寄っていこう」

「えっ、これから？」

「私の思うお洒落な服でいいなら、見繕ってあげる」

その考えはなかった。

なるほど、綾瀬さんチョイスなら信用できそうだし、何よりこれはもしかして相手の好みまで自然とわかってしまう予想以上のありがたい展開なのでは？

「よろしくお願いします」

「期待はしないで。私の趣味で選ぶだけだから」

むしろそっちのほうがありがたい。

「で、どこに？」

「代官山ならうちから近くていいんじゃないかな」

「たしかに。……でもごめん。もっと早く言ってれば、池袋《いけぶくろ》にもいくらでもお店があったのにね」

申し訳なさそうに俺が言うと、綾瀬《あやせ》さんはくすりと微笑《ほほえ》んだ。

「いいよ、気にしなくて。タイミングがちょっとずれちゃうところ、私たちっぽいし」

「あはは。そう言ってくれると、気が楽だよ」

そういうわけで、俺たちは渋谷《しぶや》駅で乗り換えて代官山まで足を延ばした。

綾瀬さんの案内するままに歩く。

まだどの店の明かりも消えていない。大きなショーウィンドウから漏れてくる光がアスファルトの道を照らして明るかった。俺たちは、駅からあまり離れない距離にあった一軒のメンズファッションの店へと入る。

入ってすぐにここはスーパーやコンビニとは違うのだなと思い知らされる。買い物籠とキャリーを探したが見当たらない。きょろきょろと視線をさ迷わせていると、すすっと音もなく女性の店員さんが寄ってきた。

「お手伝いしましょうか?」

「あ、いえ」

「すこし見てからお願いしますね」

さらりと俺の後ろから姿を見せた綾瀬さんが口を挟んだ。店員さんは微笑みを浮かべると、綾瀬さんと俺とを等分に見つつ頭を下げる。

「わかりました。では、ご相談のときに遠慮なくお呼びくださいませ」

そうして、またすすっと音も立てずに離れていった。

「焦った……」

「浅村《あさむら》くんひとりだと思ったのかな」

なぜかやや怒ったような口調で言う綾瀬さん。

それはつまり俺と綾瀬さんの恰好《かっこう》を見て連れ合いに見えなかったってことだろうか。

入ったときからじわりと感じていたアウェイの空気に冷や汗が出てきた。自分自身で勝手にプレッシャーを感じてるだけだって頭ではわかっているけれどどうにもならない。

一方で綾瀬さんは堂々たるものだった。勝手知ったる店のように俺の前を歩いていく。

「ここ、よく来るの？」

「えっ。まさか」

「まさかって……」

「だって、ここメンズものしかないよ？」

そりゃそうか。

「もちろん、あえて男物を着るコーデもありだと思うけど。でも、浅村《あさむら》くん。私にそういうファッションが似合うと思う？」

そう問われたので、考えてみる。

昨夜、俺は寝る前に買ってきたファッション雑誌を読んでいた。けれどいまいち参考書として足りないと思い、ネットを検索して調べたのだが、「メンズ」「コーデ」で検索をかけると、女性のモデル写真が出てきた。不思議に思ってサイトの説明を読むと、『女性向けのメンズライクなコーデ』というジャンルなのだった。

男装ではなく、あくまで女性のファッションとしての男物コーデなのだから、ゆったりめの服を着ているものが多かったが、中にはスーツやジャケット姿のものもあったっけ。

あのとき見たような感じになるはず……。

明るいミディアムカットの綾瀬《あやせ》さんが、肩を強調した……そう、ああいう感じの——。

俺は店のマネキンが着ている黒ジャケット姿で太い男物のベルトを巻いた綾瀬さんを想像しようとする。

ゲームのアバターに課金の着せ替えセットを合わせるような感じだろうか。ファッションには明るくないけれど、なにしろ目の前でおそらくは店員が気合いを入れてコーデしただろう実物と本物の綾瀬さんが居るのだから思い描くのは簡単だった。

想像の中の綾瀬さんの着替えが完了する。

黒ジャケットを羽織って背筋を伸ばしてモデル立ちした綾瀬さんがポーズを取った。

「カッコイイ気がする」

猫が踏まれたときのような声が聞こえて、うつむいていた顔を慌ててあげる。綾瀬さんがさっと顔を逸《そ》らした。

「し、しないから」

「え？　ああ、まあそうだろうね。そういう恰好《かっこう》はしないと思う。でも、似合うかどうかだったら、似合うんじゃないかな。あんなのとか――」

目の前にある参考にした黒ジャケット姿のマネキンを指差しながら言った。

「綾瀬さんだったら、ああいう服も着こなせそう。って、なに？」

ばたばたと俺の前で両手を振っている。

「いい。いいから。今は、浅村くんの服を選んでるんであって、私のコーデはどうでもいいの！」

「そうだった。で、綾瀬さんとしてはどのあたりがお勧めなのかな」

俺は当初の目的を思い出した。

「はあ。まったく……。ええと、そうだね」

吊《つ》るしてある服を取って、ハンガーに掛けたまま目の前に翳《かざ》して、俺と服とを交互に見比べる。それから、背中を向けさせて服を当てて肩幅や着丈を見る。

「んー。浅村《あさむら》くん。こっちこっち」

「ん。ああ……ここのはもういいの？」

「もう見た」

「そ、そうか」

一着だけだったぞ、今。

それからも綾瀬《あやせ》さんは俺を伴って店内をぐるぐると巡って、何か所かで立ち止まってはひとつふたつ服を取って、俺の体に合わせてチェックする、ということを繰り返した。コーディネートを見るためだろうか。上着を俺に持たせて体の前に吊《つ》るさせた上で、胸元に内服を当てたり外したり。

服を持つ綾瀬さんの拳が俺の胸に当たってこそばゆい。

「こら、動かない」

「あ、ごめん」

「んん？　ちがうか。こっちはだめ。あ、そのまま動かないで」

「は、はい」

俺は綾瀬さんに命じられてマネキンと化した。すれ違う客たちが俺と綾瀬さんを見て、なんだか笑ってる気がする。綾瀬さんは集中していて気づかないみたいだけど。

デートっぽいな、と、ふと思う。

池袋《いけぶくろ》での買い物は行き先といい雰囲気といい、頭のなかで思い描いていたデートの定型とは違っていた。けれどこうして、触れるか触れないかの距離で服を選ぶこの瞬間は、どう見てもデートだろうと言い切れる気がした。

……いや、本当にそうか？

新庄《しんじょう》とその妹の関係が、頭をかすめた。

新庄家は家族で買い物に行き、兄のファッションを妹がチェックして買う服を決めているという。

つまりいまの俺と綾瀬さんの行動そのままだ。

あくまでも本当の兄妹《きょうだい》でもやる行為の延長線上。そういう付き合いをしようと決めたのだから何も間違っていないはずなのに、喉に小骨が刺さったような違和感があった。

特別に仲の良い兄妹で満足しているのか。あるいは、それ以上の関係を求めてしまっているのか。

そもそも俺は綾瀬さんと何を、どこまで、したいと望んでいるんだ？

——どれだけ綾瀬さんについて熱心に考えてるんだよ、俺は。

出口のない思考の迷宮に囚《とら》われかけた俺は、体の熱が顔に集まってくるのを自覚した。

秋も終わりだというのに暑くなってくるなんて、この店は暖房が効きすぎている。

「ん。決めた」

そう言って、綾瀬《あやせ》さんは吊《つ》るしてあった服を2着、手に取る。

「私なら、これにする」

「えーと……これは？」

「今のジャケットもいいと思うけど、こっちのテーラードも合うと思う」

謎の単語に俺は戸惑う。

「てーらー……なに？」

「知らない？『テーラードジャケット』っていう種類の上着なんだけど」

「ああ。仕立て屋って意味のテーラーか」

「そういう言葉は知ってるんだね」

「本で読んだことがある」

1870年代のイギリス、つまりヴィクトリア朝を舞台にした、仕立屋で働く女の子を扱った小説がある。だから言葉は知っていた。

綾瀬さんが抱えているテーラードジャケットは、色は明るいグレーで、襟がやや細めのタイプのものだった。いわゆるスーツのジャケットと比べると、肩も強調されていないようで、明るい色使いだから爽やかな印象がある。

「コーディネートに困らないように無地にしたから」

「無地だと困らないの？」

「柄があると、それに合わせないといけなくなるでしょ……って、そこから説明がいるんだね」

「申し訳ない」

「で、こっちは内側に着るやつ。真冬になったらこれじゃ寒いと思うけど、11月くらいまではこれでいけると思う」

　これ、と言いながら持ち上げたもう片方の腕に掛けてある服はシンプルな白のTシャツだった。こちらも無地で柄も絵もいっさいなし。胸ポケットも目立たない感じであるのかないのかわからないくらいだ。ジャケットの肩が落ちているからだろう、シャツのほうも撫《な》で肩《がた》のシルエットになっている。

　シンプルだけど、いつも俺が着ているようなシャツの倍の値段が付いているから、たぶん素材が良いかデザインが良いかなのだろう。

　その差が俺にはわからないだけで……。

「パンツは今のやつでいけると思う。これ以上は、ちょっと値段が嵩《かさ》んじゃうしね」

「ありがとう」

「ん。じゃあ、ちょっと試着してみて。それで浅村《あさむら》くんが気に入れば」

「わかった」

　俺は綾瀬さんから服を受け取って代わりに荷物を見ていてもらう。試着室に入って着替えてみた。鏡に映してしげしげと見る。

どこがどう俺の語彙では言い表せないのだけれど、確かにちゃんと似合っている気がした。さりげない感じのお洒落《しゃれ》な秋服。肩を強調していないから、いかつい感じではなくて全体的に優しげな印象に見える。ジャケットの生地が良いのか風をあまり通さない。これなら今の季節でもぎりぎり耐えられそう。

ただ俺としては、いま自分が着てる服と大差ないようにも感じてしまう。

これでいいのか。

断言ができない。

不得手なジャンルに関しては、人間は小さな差異に気づけないものなのだ。

分解能が落ちる、というか。

子どもがスマホをゲームと音楽とＬＩＮＥと学習アプリと、全然ちがう用途で使っていても、古い世代の親が『スマホで遊んでないで』、と丸ごとひとくくりにしてしまうようなものだ。

良くなっているのかもしれないが、俺の目にはそこまでの差が見えてこない。

「どう、かな？」

試着室を出て綾瀬《あやせ》さんに見せる。

「うん。だいじょうぶ」

「ええと……これで足りる？　髪とか染めたほうがよかったりするかな？」

つい心配でそう聞いてしまう。

新庄《しんじょう》の妹からの、ふつう、という評価を覆すにはこれぐらいでは足らないのではないかと思ってしまう。

ドラスティックな派手さが必要なのではないか、と。

すると綾瀬さんは幼い子どもをたしなめる保育士さんのような、あきれを含みつつも優しいため息をついた。

「浅村《あさむら》くんは、誰に認めてもらえたら満足なの？」

「えっ」

「見ず知らずの誰かに良いと言わせたいなら、私のセンスだけじゃ不安になるのもわかるよ。浅村くんは、そういうお洒落を望んでいるの？」

「そういうわけじゃ……」

「ないんだね」

かぶせるようにそう言って、綾瀬さんは微笑《ほほえ》んだ。

「なら、信じてくれてもいいんじゃない？　私が選んで、私がこれが良いって言ったんだから」

「そっか……たしかにそうだ。ごめん、どうかしてたよ」

「うん。大丈夫。自分が他人にどう見られているか、心配になるよね。わかるよ」

おそらくは本音で共感してくれてるであろう綾瀬《あやせ》さんのやわらかな表情に、俺ははっとした。

自分が、どれだけ自分本位な思考に囚《とら》われていたか自覚したのだ。

努力している綾瀬さんの隣に立つ男としてふさわしいようにという考えは、パートナーのことを考えての配慮などではない。

自分がみじめにならないようにという自己防衛の精神でしかなくて、判断基準はいつだって第三者の誰かの目だった。

新庄《しんじょう》の妹などという姿も性格も知らない誰かの意見でさえありがたくすがろうと思えたのも、もともとよりそれくらいの距離感の誰かから認められたい本音が潜んでいたからこそだ。

読売《よみうり》先輩が言ってたじゃないか。

『それはそれとして、別にかっこよくなってなくてもさ。気を遣ってくれたことがわかったら嬉《うれ》しいかなぁ』

あくまでもこの感想の主体は第三者じゃなくて、パートナー自身だ。

丸《まる》たちの言っていたことも、そうだ。大切なのはお洒落《しゃれ》に在ろうという姿勢を示すことであって、本当にお洒落を実現できているかは二の次。

身近な人たちから答えを提示してもらえていたのに迷走してしまうなんて、自分の未熟さに頭を抱えたくなってくる。

他の誰になんと言われてもいいじゃないか。綾瀬さんだけが好感を持ってくれるなら、俺にとってはそれが最高のファッションなんだから。


服を買って、店を出た。

駅に向かって歩いているとき綾瀬さんが言ってくる。

「浅村《あさむら》くん。帰りに、コンビニ寄ってもいいかな」

「構わないけど」

「スーパーのほうが安いし、色々買いたいものもあるんだけど、さすがに遠回りになりそうだし。でも、からしが切れちゃってるから買って帰らないと……」

「からし？」

「今日はおでんにしようと思ってて」

「ああ……ここ数日寒かったからね」

「昨日から頭のなかがすっかり鍋モードになってて。食材はあるし。野菜中心だけど」

「健康にはそのほうがいいんじゃないかな。でも何か買い足すなら俺が持つから遠慮なく言ってほしい」

「ありがと。……ねえ。いま私、何かおかしなことを言った？」

俺がつい綾瀬《あやせ》さんを見ながらくすりと笑ってしまったからだろう。

「ちがうちがう。ごめんごめん」

俺は謝りながら言葉を慌てて足す。

「俺にとってファッションとかコーディネートって異次元の話だからさ。今まで異世界にいるような感じだった」

「おおげさじゃない？」

「ほんと、そんな調子だったんだって。でも、そんな状態でいたところにいきなりいつもの夕食の話になったからさ。一瞬で異世界から現代に戻ってきたみたいな気分になった」

「余韻が消えちゃった？」

「いやまあ。今日はもう異世界はいいかな。早く帰って温かいおでんを食べたいよ。正直に言うと、けっこう疲れてる」

「おつかれさま。その服、着れる機会がたくさんあるといいね」

「そうだね。せっかく綾瀬さんが選んでくれたんだし。なるべく多く、ね」

言ってから気づいた。

これって、たくさんデートをしようと言っているのと変わらないのでは？

内心焦ったけれど、綾瀬さんは例のぎこちない笑みを浮かべたまま、「そうだね」とさらりと言ったので、俺が気にしすぎなのかな。

俺と綾瀬さんの初デートはこうして終わった。


午後7時3分。

コンビニで買い物を済ませ、自宅のマンションへ。

明るいエントランスを通り抜け、エレベーターに乗る直前だった。

「ところでさ。私は、どうだった？」

零《こぼ》れ落《お》ちた言葉に、俺はそれが自分に対する問いかけだと最初は気づかなかった。

「えっ……」

「いつもより話しやすいとか、いつもより感じが良いとか、何かいつもと違うところに気づかない？」

立ち止まった俺は傍《かたわ》らに佇《たたず》む少女へと向き直る。

廊下の天井に灯《とも》る淡いＬＥＤの光に綾瀬さんの全身が照らされている。

上から順に視線を下ろしていった。

服装は最初に見たときから変わっていない。ニットのトップスにモスグリーンの上着。涼しくなってきたからか前はしっかり閉じていた。ということは、胸元を飾っていたアクセサリは関係ないってことだろう。

髪型もいつもどおり、分け目を変えたわけでもなければ、ヘアゴムでまとめたりもしていない。エクステを付けているわけでもなし。だから髪も関係ない。

いつもと違うところ。

どこだ？

爪か？　香水か？　どちらも注意はしていたつもりだった。しかし、淡いピンクのネイルは良く似合っていたが、綾瀬《あやせ》さんの言う「いつもより話しやすい」という条件には合っていない気がする。

香水は……いやまて浅村《あさむら》。ここで近づいて匂いを嗅ぐという行為はかなりアレなひとになってしまわないか？　フレグランスで気持ちが落ち着くという可能性はあったが、綾瀬さんの性格を考えると、こちらの線も薄い気がする。

というか、そういうのを察してほしい、みたいなことは言い出さないのが綾瀬さんという人間のはず。どういうことだ？

いつもと違うところ。

……あ。

俺はデートの間ずっと気になっていたことを口にする。

「表情？」

「そう」

「笑いを堪《こら》えていたよね？」

「愛想よくしてみたんだけど」

ふたり同時にそんなことを言った後で互いに思わず顔を見合わせてしまう。

なんだって？

「俺、自分の服装がそんなに奇妙だったかなって不安だったんだけど。なんかすごく無理をして笑うのを堪えているのかなって。そういう表情だと思ってた」

俺は感じていたことをそのまま口にする。

こういうときは下手に誤魔化《ごまか》すと悪化する。頭のなかで警報が鳴っていた。これはやばいぞと。すり合わせなければ何か大きな誤解が起きる。短いながらも綾瀬さんとのこれまでの付き合いでそう感じていた。

「そんなこと……。私、言ったよね。浅村くんらしくていいと思うって」

「ごめん。俺はそこまで自分を信じられてなくって」

「そんなふうに見えてたんだ……」

綾瀬さんの両の肩ががくりと落ちて俺は大変申し訳ない気分になった。

「いつもより話しやすいとか、いつもより感じが良いとか、そういうのを目指してたんだけどなぁ」

「あー、ごめん」

「やっぱり愛想の良い態度って難しい……」

お互いに自分らしくないことしてたねと言って、綾瀬《あやせ》さんは見慣れた表情へと戻る。

真っ暗なエレベーターが降りてくる。明かりが灯《とも》り、ドアが開いた。

綾瀬さんを先に乗せて、荷物を抱えて続いた。ボタンを押してドアが閉まる音にまぎれて俺はつぶやく。

「でも――態度なんてそのままでいいと思う。綾瀬さんらしくて」

「え？」

だって、綾瀬さんのその顔つきも振る舞いも、綾瀬さん自身が勝ちとって作り上げてきたものだから。

かすかな揺れとともにエレベーターが昇り始めた。


その夜、就寝前に軽く数学の過去問題を解いていたら、新庄《しんじょう》からLINEが届いた。

内容は夕方に送られてきたメッセージについての補足のようなものだった。

『夕飯で妹と話したら、なんだかんだで悠太《ゆうた》のファッション、かなり高評価だった。兄貴の友達、無駄に背伸びしようとして痛い服装になってる人が多いけど、そうじゃないのが良いってさ』

どうやら妹さんのひと言感想はたいていが「痛い」やら「ダサい」やらになりがちで、「ふつう」で収まるのは、好評の側に位置する感想だったらしい。

最初からその基準を教えてもらえていたらモヤモヤを抱えずに済んだのになぁと、苦笑しながらも俺は、ありがとう、とだけ返信して数学に戻った。

迷走して、遠回りしたからこそ得られる解もある。

そういうことなんだと思う。

●10月20日（火曜日） 綾瀬沙季《あやせさき》

浅村《あさむら》くんと出かけるのは今日の放課後だ。

そのときのことを考えると、私はどうしていいのかわからないくらい不安になる。

授業に集中できない。

お昼休みのあとの、ただでさえ気の散る時間なのに、私ときたら板書も写さずにぼうっと考えごとばかりしている。

男の子にウケのいい態度の作り方とか兄妹《きょうだい》以上恋人未満の立ち居振る舞いをどうすべきか、そんなことを自分が気にするときがくるなんて想像もしていなかった。

いやちょっと違うか。

男の子に、じゃない。別に世の中の男性はどうでもいい。ある特定の相手に対して嫌われたくないと思ってしまっているだけで。いろいろと頭の中で考えを巡らせてしまい、結果的に授業に集中できないのだ。

ぼうっとしたまま五時限目が終わり、休み時間になったところで真綾《まあや》が教室の端っこの席から近寄ってきた。

「どしたの？」

「え……？　いや、とくになにもないけど」

「うっそー。授業中、ずーっと心ここにあらずだったじゃん」

「授業に集中しなよ」

なんでそれを知っているのか。私の顔なんて見てる場合じゃないでしょうが。そう突っ込もうとして、彼女のほうが定期テストで上位だったことを思い出した。

……話題を変えよう。

「真綾って人に好かれやすいっていうか、人気者だよね。女子だけじゃなくて男子からも。何かコツとかあるの」

「ん？　ふむむのむ。よくわかんないけど、愛想いいねとは言われるかなぁ」

「愛想」

難しいことを言われた気がする……。

愛想って、なんだっけ？

暗中たる心中を延々と模索していると、真綾が顔を近づけてささやいてくる。

「沙季もニコニコしてれば浅村くんのハートをぐっとつかめるよ！」

「だからいちいち浅村くんと結びつけないで」

「ちがうの？　わざわざ『男子からも』って付け加えたから、てっきり意中の男子に感じ良く思われたいのかと思った」

違わないけど。

「変な勘繰りしないでよ」

「ふーん」

まったく信じてないことが良く伝わってきた。いいけどね。予鈴が鳴ったので、私は追い払うように手を振って真綾《まあや》を遠ざける。

愛想……愛想かあ。ニコニコと？

苦手だけど、それで浅村《あさむら》くんが喜んでくれるなら、ちょっとやってみようか。

ところが、それは予想以上に難しいことだった。

放課後になり、一度帰宅。

着替えを済ませてから机の上に置いた丸い鏡の前で表情をいろいろと作ってみた。

あちこちを押したり引っ張ったり。

顔の筋肉がまったく鍛えられていないからだろう、しばらく繰り返していたら頬《ほお》が疲れてきた。笑顔か。笑顔ってどんな表情だっけ？

普段、感情を悟られないようポーカーフェイスを心掛けてるので鏡の中の自分の顔に違和感ありまくりだった。なんでこんなことしてるんだろ。いや、我に返ったら負けだよ、沙季《さき》。なにに負けるのかわからないけど……。

にらめっこを続けていたら、まあこれくらいか、というような笑顔を作れたので、それでいってみようと決める。

よし、と気合いを入れて廊下に出て、浅村くんの部屋のドアを軽く叩《たた》いた。

「そろそろ行ける？」

声をかけてからソファに座って待っていると扉が開いた。

立ち上がって視線が合いそうになった瞬間、思わず目を逸《そ》らせてしまった。どきどきする。そういえば服装は表情ほど気を遣わなかったけど、これでだいじょうぶだったかな。

「じゃ、行こ」

返事を待たずに私は玄関へと向かってしまった。


行き先は決めていた。

池袋《いけぶくろ》。

真綾はあれでいてアニメとか漫画が大好きなのを私は知っている。彼女からいろいろと聞かされていたし。というか、お気に入りグッズが出るたびにＬＩＮＥで知らせてくるのはどういうつもりなんだか。私にも買えと？

山手線《やまのてせん》に乗るために渋谷《しぶや》駅へ。

ホームで電車を待っている間、ちらちらと浅村くんのほうを盗み見る。

グレーのニットセーターの上に黒のコーチジャケットを羽織っている。いつもの浅村くんという感じで、いいなと思う。派手過ぎないし、それでいて清潔感もあるし。いかにも浅村《あさむら》くんという感じだ。その人に合ってるというだけで良く見えるものなんだな。

似合ってるって大事だ。

あれ、それともこれってもしかして、私が、浅村くんなら何でも良く見えてるだけなのかな？ まあどっちでもいいか。

浅村くんのさりげないお洒落《しゃれ》に比べて、私は、自分がかなり派手めにまとめているなという自覚はあった。

肌の露出こそ少ないけれど、内服のカラーが赤系統でアウターは緑系統。つまりクリスマスカラーなので、色味を間違えたら絶対笑われるやつなのだ。そのぶん、うまく合わせれば映えるのもわかっていた。

鏡の前ではそれなりに見えたけれど、浅村くんの目からはどう見えてるんだろう？ 気になる。

いつもよりは落ち着かせたつもり。綺麗《きれい》よりは可愛《かわい》いに振ってみたつもりだけど、これが限界だった。そもそも持っている服にいわゆるフェミニンに寄ったものがないからしかたない。おとなしめのファッションというのは、私のように、言いたいことを言いたいけれど特に交渉上手でもないという性格には向いていないから。

電車に乗ってる間、頑張って愛想よくして浅村くんと話した。うまくやれてるだろうか、と思いながら。

池袋《いけぶくろ》に着くと、あらかじめチェックしていた店へ地図アプリを頼りに向かった。この街にはあまり来たことがないけど、それでも迷わずに済むんだから便利な時代だと思う。

人通りの多さは渋谷《しぶや》とほぼ変わらない。微妙な違いがあるとすれば、渋谷よりもすこしだけ私たちと同年代の高校生や大学生が目立つかも、ぐらいのこと。ただそれも、東口のサンシャイン通りには若者向けの店が多いからというだけで、居酒屋の多い西口には大人も大勢いるだろうし。

それにしても気のせいだろうか。特に男女の組み合わせ……すなわちカップルらしき姿を多く見かけるような気がする。

それとも私が、そういった男女の関係を意識するようになったせいで敏感になり、目につくだけなんだろうか。

「うわ……」

隣で浅村くんの声がした。

つられて彼の視線の先を見てみた私は、思わず浅村くんと同じ反応をしそうになった。

道端で艶《なま》めかしく体を絡め合い、キスをしているカップルがいたのだ。

声を出すのはどうにか堪《こら》えた。

自分がキスをしているわけでもないのに体の芯が熱を帯びてくる。無意識のうちに頭の中で、カップルの顔が私と浅村《あさむら》くんの顔に挿《す》げ替《か》えられた絵面として思い浮かべられて、何を考えているんだと、自分の中の冷静な自分があきれていた。

浅村くんがあの光景をまじまじと眺めていると、なぜか私の思考まで透けて見えてしまうのではないかと心配になって、思わず彼の脇腹を肘で軽くつついた。

「じろじろ見たら失礼だよ」

「ごめん。考えるよりも先に、声が出てて。軽率だったよ」

謝らせてしまった。

半分照れ隠しの行動だったのに謝らせたのが申し訳なくて、私はすぐにフォローの言葉を付け加えた。

「気持ちはわかるよ。……ああいうの、いきなり見せられるとびっくりするよね」

実際、それも本音だった。

浅村くんが苦笑まじりに同意してくれて、すこしホッとした。怒らせてはいなかったみたいでよかった。

それからふたりでアニメ系のお店に入った。

プレゼントは以前に真綾《まあや》から聞かされたアニメの関連グッズにしようと考えていた。

普段使いできるさりげないデザインのものがいいだろうと思い、その方向性で探していく。

ひとつひとつの品を手に取り、真綾に合うかな、どうかな、なんて些細《ささい》なことをふたりで確認しあう。ちょっと子どもっぽい？ でも似合うかも。浅村くんが真綾をどう見ているのかわかるし、それが私と一緒の感想だったとき妙に嬉《うれ》しくなる。

ふと思い返してみれば、浅村くんとふたりきりで電車に乗って遠出し、ショッピングを楽しむなんてこれが初めてだ。

夏にプールに行ったときは、あれはみんなと一緒だったし。

ふたりきりというだけでこんなに緊張したり、どきどきしたりするものなんだなって思う。

浅村くんが買い物を済ませたところで私たちは帰ることにした。

自分もプレゼントを買っていこうと思っていたけれど、ここで買ったら一緒に買い物をしたことを自分からばらすようなものだ。真綾は私たちが兄妹《きょうだい》であることを知ってるんだから気にする必要ないのかもしれないけど。

明日、学校に行く前にちょっと渋谷《しぶや》の駅前に出て買ってくればいいよね。

買い物デートを終えて帰りの電車の中。ほっとして余韻に浸っていたら、浅村くんから意外なことを言われた。

「俺の服、どこか変だった？」

まったく想定外の問いかけで私はとても驚いてしまった。

それに、浅村《あさむら》くんの服装、私自身はちっとも悪いと思っていないし。

そのままでいいんだけどな。

悩んだ末にひとつ思いついた。

「私の思うお洒落《しゃれ》な服でいいなら、見繕ってあげる」

帰り道をすこし変更してメンズファッションの店に寄ることにした。

考えはこうだ。

私の思う「浅村くんらしいお洒落」を形にしてみる。

それを自分の今の服装と比較してもらって、そこから浅村くん自身が新しいコーデを考えてくれればいい。つまり「すり合わせ」だ。

それがデートフォーマルになるのかどうかわからないけれど、そもそも私自身がそこに拘《こだわ》ってないのだからそれでいい。むしろ浅村くんっぽくなくなるほうが私は嫌だ。

……わがままかな。

代官山《だいかんやま》の駅から近いメンズファッションのお店。

先頭に立って突進する私に、浅村くんはこの店にはよく来るのかと勘違いした。

そんなわけない。ただ、この手のブランドショップなんてどこも似たような作りだから迷わないだけ。メンズライクなファッションを追求する勢だったら通ってるかもね。私は違うけど。

そんなことを言ったら、浅村くんがマネキンを指さして、ああいうのも似合うと思うなんて言った。浅村くんには私がどう見えているのか不安になる。

黒革のジャケットに極太ベルトとか。私は侮られるのは嫌だけど、だからって恐れられたいわけじゃないんだよ？

「カッコイイ気がする」

なんてこと言うかな。今は、浅村くんの服を選んでるんだから、私の服装はどうでもいいのに。ほんとに……なんてこと。

顔が熱い。暖房効きすぎじゃないかな、ここ。

いろいろと見て回り、浅村くんの体と服を合わせたりして眺める。着せ替えみたいで楽しい。それに、こうして服を選んであげていると、夫婦でも買い物に来たらこんな感じなんだろうかと想像してしまう。

……待って、そこは兄妹《きょうだい》で、だよね。夫婦だなんて飛躍しすぎている。

浅村くんと過ごす時間は好きだけれど、自分が浮かれているみたいでちょっといやだ。もっと気を引き締めていかないと。

ぐるっと店内をひととおり見てまわって。

浅村くんのためにジャケットとシャツを選んだ。どちらも最初に目を付けたやつで、結局ファーストインプレッションは覆らなかった。

寄り道を済ませて家へと戻る。

すっかり暗くなった帰り道の向こうにマンションのエントランスの明かりが見えてほっとしてしまう。そして、ほっとしたことに自分で気づいて驚いた。

ああ、いつの間にかこのマンションが私にとっても家になってたんだ。家の扉を入ればデートもおしまい。私はまた義妹生活に戻る。

そういえば自分のほうはどうだったんだろうと思った。

浅村《あさむら》くんが自分のファッションを気にしていたことに私は気づけなかったわけで。私が愛想良くしていたことって浅村くんは気づいてくれていたんだろうか?

「ところでさ。私は、どうだった?」

答えが返ってくるまでの数秒が長かった。だから「表情?」とぼそっと浅村くんが言ったときは嬉《うれ》しかった。

やった!

って、思ったんだけどね。

「笑いを堪《こら》えていたよね?」

えっ?

「なんかすごく無理をして笑うのを堪えているのかなって。そういう表情だと思ってた」

私はその言葉に膝から崩れ落ちそうになる。

なにそれ。

「そんなふうに見えてたんだ……」

浅村くんが喜んでくれるかなって思って笑顔を頑張って作ったのに、全然、伝わってないじゃない。

恥ずかしい。

考えれば考えるほど頬《ほお》が熱くなってくる。穴が無くても埋まりたい。いや、もういっそ自爆してこの世から存在を消してしまいたい。自爆ボタンはどこにある？　恥ずかしさに赤くなった顔を見られたくなくて私はいつものように表情を引き締めた。無だ。無。私は動揺なんてしていない。無。

やはり自分では自分のことがわからないものだ。私はできもしない表情を無理に作ろうとしてしまっていた。私には笑顔で愛想を振りまくなんてできないんだ。

感情を表情から消してしまえ。

自分らしくないことをしてた。

やめよう。どうせ綾瀬沙季《あやせさき》は一生愛想のないつまんない女なんだ。しかたない。

「そのままでいいと思う――」

浅村くんがドアの閉まる音に合わせるように言った。

「綾瀬《あやせ》さんらしくて」

「え？」

私は思わず聞き取れなかったふりをした。

なんだろう、ほんの些細《ささい》なひと言なのに胸に温かな感情が拡《ひろ》がっていく。

だから、浅村《あさむら》くんには困る。

右へ左へ揺れ動かされて、自分のこの感情が向かう先を見失いそうになる。

特別に仲の良い兄妹《きょうだい》か、恋人同士か。

私は、どちらの関係に着地することを望んでいるんだろう。

彼は、どちらの関係に着地することを望んでいるんだろう。

あの日、私たちはこう在ろうと決めたはずなのに、心の奥底から悪魔が囁《ささや》いてくるんだ。

——君が望む関係は、本当にこれだけか？

だって、優しい言葉を投げかけられたときに、なぜかつい思ってしまったから。

彼の頰《ほお》に触れて、無遠慮にうれしいことを言ってくれるその口を咎《とが》めてやりたい、って。

もちろん敵意なんかじゃなくて。

触れ合いたい、って。そう感じてしまっている。

誰にも見られない閉ざされた部屋で、彼の体を抱きしめたあのときみたいに。

でも、いきなりそんなことをしたら驚かせてしまうから。いったいどのタイミングなら許されるのかわからずに、行動に移せない自分がいる。
今日はお気に入りの入浴剤を使おう。
好きな香りに包まれて、すこしでもこの騒がしい心が落ち着きますように。

●10月21日（水曜日）　浅村悠太《あさむらゆうた》

朝の冷たい空気が布団の隙間から潜り込んできて、目を覚ました俺は足の裏をこすり合わせた。

ここから冬に向かって寒くなる一方だから起きるのが辛《つら》くなってくる。

布団のぬくもりが名残り惜しいけれど、掛け布団を蹴り飛ばすようにして強引に起きた。

ほぼ同時にアラームが鳴る。叩《たた》くようにして音を止める。

「勝った」

目覚ましと戦っても意味はないのだが、こういう小さな勝利が一日の気分を左右するもの……いや、言い過ぎか。

今日は奈良坂《ならさか》さんの誕生日会だ。

プレッシャーあるよなあ、と思いながら登校の準備をする。不安なのは他に呼ばれているであろう奈良坂さんの友人たちとうまく話せるだろうかということだ。

支度を済ませてダイニングへ。

もう綾瀬《あやせ》さんは食べ終えて家を出るところだった。自分の使った食器を洗って、水切りかごに放り込んでいる。

「おはよう。今日は早いね」

「駅前に寄ってくから」

俺が声を掛けると、綾瀬さんはそう言って鞄《かばん》を掴《つか》んだ。

そうか。駅前で奈良坂さんへのプレゼントを買うって言ってたっけ。

「行ってきます、お義父《とう》さん、沙季《さき》ちゃん」

「ああ、気をつけてね、沙季ちゃん」

「兄さんも」

「行ってらっしゃい、綾瀬さん」

「ん」

軽く頷《うなず》きを返すと、綾瀬さんは家を出ていった。

「親父《おやじ》はまだだいじょうぶなの？」

「ああ、今日はゆっくりでだいじょうぶだ」

すこしは暇になったのだろうか。

保温されている炊飯器を開けると、ふわりと顔にあたる湯気越しに白いご飯と黄色い小さなつぶつぶが見えた。ほのかに甘い香りが鼻をかすめる。

「これ……」

「栗《くり》ご飯だよ。美味《おい》しく炊けてるぞ。沙季ちゃんはご飯炊くのも上手《うま》いなあ」

綾瀬さんが居たら、具を混ぜ込んで炊いただけです、と謙遜しそうな気もする。

とはいえ確かに見た目からして――。

「美味《おい》しそうだね」

茶碗《ちゃわん》によそって椅子に座る。他には……たくあんとカブの酢漬け、それから梅干《うめぼし》か。そしていつもの味噌汁《みそしる》。今日の具は大きめに刻んだ長ネギだ。

目の前に座っている親父《おやじ》は茶碗をすでに空にしていた。

「親父、お代わりは？」

「ああ、いや。だいじょうぶだ。そろそろ出ないとな」

「了解」

混ぜご飯の中の栗《くり》は親指の先くらいの大きさに切られていた。試しにひとつだけ箸で摘《つま》んで口の中へと放り込む。

「熱っ！」

ほくほくとした栗の実を歯で砕けば、ほろりと崩れて口の中いっぱいに甘い味が広がった。秋の味だ。

「うん。美味しい」

「だろう？」

「これは食べ過ぎちゃうね」

ああ、そうか。だからおかずはやや少なめなんだな。

親父が会社へと出勤し、俺も食べ終えた食器を洗って水切りかごへ放り込む。結局、お代わりを二度してしまった。ちょっとゆっくり食べ過ぎたかもしれない。

綾瀬《あやせ》さんよりは随分と遅い時間に家を出ることになってしまった。それでも自転車だからぎりぎり始業までには間に合うはず。素手で握りしめた自転車のハンドルのひやりとした感触に思わず手を引っ込めた。

吐く息が白くなるほどの寒さはないものの、漕《こ》いでいるときに当たる風が冷たかった。

もうすぐ本格的な冬なのだ。

予鈴の鳴る三分前に教室へと駆け込んだ。

放課後になった。

「じゃあな、浅村《あさむら》」

丸《まる》が短く言って部活へと走っていく。

さて、俺のほうは奈良坂《ならさか》さんの誕生日会だ。

『私は別行動で行くから。先に行っててていいよ』

昼頃に届いた綾瀬さんからのメッセージにはそう書かれていた。

綾瀬さんも私服……か。

以前だったら肩に力が入りすぎてしまっていたところだけれど、いまは違う。気負わずに胸を張って行けばいい。

昇降口で靴へと履き替えるとき、ジャージ姿の男子が走り出ていくのを見かけた。鞄《かばん》も持たない姿からして、帰宅ではなさそうだ。部活で走り込みでもするつもりなんじゃなかろうか。

——あの背中。新庄《しんじょう》、か？

あれ、新庄は奈良坂《ならさか》さん主催の誕生日会には行かないのだろうか。てっきり来るものだと思っていた。それとも、練習を終えてから合流とか？　そこまで熱心にテニスに取り組んでいるとは知らなかったが。

自転車で家に戻る。綾瀬《あやせ》さんはいない。もう着替えて出て行ったのか、それともこれから帰ってくるのか。現地集合だからまあいいか。

もう、着替えでは悩まない。

綾瀬さんの見立てを信じるだけだ。

買ったばかりのジャケットに着替え、スマホを手にしてLINEを立ち上げる。奈良坂さんに住所を尋ねると、地図付きでメッセージが送られてきた。

「あのあたりか」

予備校の近くで、奈良坂さんの家に行った綾瀬さんを見かけたことがある。住所の見当はつく。駐輪場アリってことは直行できるな。

自転車を飛ばして奈良坂さんの家の近くまで辿《たど》りつく。地図を開いて拡大表示。左右を見回せば大きな緑色の看板に地図で見た会社の名前が書かれていて、俺は自分の現在地を知ることができた。

そこからは自転車を押して歩く。

道路脇の歩道は狭くて自転車がボコボコと跳ねた。

数分後、無事に目指すマンションへと到着。メッセージに書かれていた駐輪場へと自転車を停《と》めると、一階のエントランスへ。

呼び出しボタンを鳴らす前にまずＬＩＮＥでメッセージを送る。奈良坂さんが家に居ればいいが、家族のほうがインターフォンに出てきたら、どうしていいかわからない。

けれどその心配は無用に終わった。

アプリに返信が返る前に、通りの向こうから道路を渡って歩いてくる綾瀬さんと奈良坂さんを見つけたからだ。

エントランスの自動扉が開いてふたりが近づいてくる。

綾瀬さんは、デニムのスカートにゆったりめの柔らかそうなからし色のカーディガンを羽織っていた。内服がワンショルダーのニットセーターなあたりに綾瀬さんらしさを感じてしまう。同時に寒そうで心配にもなったけど。俺を見て軽く首を縦に振った。

奈良坂さんはあげた手をひらひら振りながら駆け寄ってきた。相変わらず仕草が小動物っぽい。

「待ったー？」

「あ、いや。今着いたところだけど」

俺は左右に首を振って見回す。けれど、ふたり以外のクラスメイトらしき姿がない。

「さあ、始めよーー！　エレベーターはこっち！」

えっ？

どういうことだ？

「他のひとは？」

「え？」

そこで「何言ってるのかわかんなーい」という感じで小首を傾《かし》げられてもだな……。

戸惑っているのはこっちなんだけど。

「他に誘ったひとは……」

「いないよー。今日はふたりだけ誘ってるんだよねー」

「ふたりって……俺と綾瀬《あやせ》さんだけか。なんで？」

「うーん、気分？」

答えになってないだろ、と思う。気分、ねえ。

「ほらほら。こんなトコで話し込んでるとジャマだしさ。寒いっしょ」

「あ、ああ」

どうしたものかと思って綾瀬さんのほうを見ると、ふいっと視線を逸《そ》らされた。

あれ。もしかして……。知ってた、のか？

綾瀬さんの表情に気を取られていた俺は、奈良坂《ならさか》さんが何かつぶやいたのを聞き逃した。

エレベーターを降りてウェルカムボードの掛かる扉の前までやってくる。奈良坂さんがポシェットから鍵を取り出して扉を開けた。

「はい。いらっしゃいませ。どうぞどうぞ、あがって」

「真綾《まあや》、このスリッパを使っても？」

「あ、うん。それ。浅村《あさむら》くんはこっちをどうぞ」

差し出されたクマさん柄のスリッパをつっかける。

玄関口からの狭い廊下を抜けた先はリビング&ダイニングキッチンになっていた。

第一印象は、広いな、だった。間取りはよくあるマンションの造りで、俺の家とあまり変わらない。たぶん3LDK。

「今日はこっちこっちー」

言いながら、奈良坂さんは左手に見えている扉のひとつを開ける。

「リビングじゃないの？」

綾瀬《あやせ》さんの問いかけに奈良坂《ならさか》さんは「三人だけだし」と答える。

えっ、ということは奈良坂さんの私室か？

俺はうろたえてしまった。

女の子の私室といえば、冷や汗をかいた思い出しかない。

出会った頃の一件以来、俺は綾瀬さんの部屋を意識しないように努めていて、扉が開いていても目を逸《そ》らすようになった。触らぬ神に祟《たた》りなし、である。

だが、奈良坂さんは気にせず先に立って俺たちを部屋に案内する。

扉を開いてさっさと中に入ろうとした奈良坂さんの服を綾瀬さんが引っ張って止めて、ぱたんと扉を閉めた。

「真綾《まあや》。だいじょうぶなんでしょうね？」

「ん？　なにが？」

「だから……私だけならいいけど、浅村《あさむら》くんがいるんだよ？　部屋、入ってだいじょうぶなの？」

「んーと……」

顎に指を当てながら奈良坂さんは天井を睨《にら》んで考え込む。

「オトナ向けの本ならちゃんと押し入れに隠したし、洗った下着も脱ぎ散らかした制服もクローゼットにちゃんと放り込んだよ？」

聞こえてくるワードに俺は心を無にした。無だ。無。俺は何も聞こえなかった。

……それは「ちゃんと」か？

「ば、ば、ばか！　なにそんな大声で言ってるの！」

「弟たちのいる前では言わないから任せて」

「それはあたりまえでしょ！」

「えー、でも、それ以外になにが？」

「だから……安全なの？」

「心配性だなー、沙季《さき》は。ほらほら、だいじょうぶだって。怖くないよー」

「その返しがいちばん怖いんだけど」

はあとため息をつきつつ綾瀬さんはドアを押さえていた手を離した。

奈良坂さんがふたたび扉を開けてさっと中に入る。

「お邪魔します……」

綾瀬さんがそう言いながら先に入り、俺も後に続いた。

六畳ほどの部屋には奥の窓際にベッド。左壁に付くようにして勉強机。そこまでは見ようとしなくても目に入ってしまう。

俺は万が一の場合に備えてあまりじろじろと見回さないように気をつけた。くわばらくわばら。古めかしい雷除《よ》けのおまじないを俺は唱えておいた。綾瀬さんの雷が落ちるようなことは可能な限り回避したい。人間の落とす雷にまで効果があるのかどうかは知らないけどな。

綾瀬《あやせ》さんが「へえ」と声をあげる。

「きれいにしてるじゃん」

「わたしが片付けないと、弟たちはもっと片付けなくなるからね」

なるほど、と俺も感心してしまう。

お姉さんだなぁ。

「ほら。座って」

丸いローテーブルの周りにクッションが三つ。

俺と綾瀬さんは奥のほうを勧められ、奈良坂《ならさか》さんが最後にぽふんと腰を落とした。促されるままに座ってから気づく。

ああ、奈良坂さん、いちばん扉に近い位置を確保したのか。

座るやいなや奈良坂さんが「あ、飲み物とってくるね」と言って席を立って出ていって、推測は確信に変わった。やはりいちばんお客の世話をしやすい位置を陣取ったのだ。このままでは、もてなされるべき人が、最ももてなす人になってしまう。

「これ、真綾《まあや》の誕生日会なんだけど」

「といっても、俺たちで好き勝手に家を漁《あさ》るわけにもいかないしな……」

「だね……」

どうしたものかとふたりで悩んでいると、奈良坂さんが1・5リットルのお茶のペットボトルとコップを持って戻ってきた。

「じゃ、はじめよう！」

「だから。真綾はもう私たちの世話はいいから黙ってここに座ってて」

綾瀬さんが肩をぐっとつかんで無理やり座らせる。

「でも、お客をもてなすのは主人の務めだよ？」

「真綾がもてなされる側でしょ、今日は。あなたの誕生日会なんだから！」

ぷうと奈良坂さんが不満そうに膨れるが、綾瀬さんの言うとおりこちらがお世話するほうなので。とはいえ、友人代表は綾瀬さんのほうだしな。俺が強く言うのもちがうだろう。ここは綾瀬さんに任せて見守っておくのがいいかな。

「そういうこともあったりなかったりするかもしれないけどー」

「あるの！　ほら、これ」

すっと綾瀬さんが紙袋を差し出した。

「ん？　これ、は……プレゼントってわけじゃなくて？」

「夕食前だし、ちょっとだけど」

取り出した白い箱の中には小さなケーキが三つ入っている。

駅前のケーキ屋で購入したものらしい。最初はケーキの予定はなかったけれど、何もないのは寂しいと思ったらしく、急遽《きゅうきょ》、買うことにしたのだという。なるほど、別行動というのはこれのことか。お金は後で払っておこう。

ショートケーキとモンブランとチーズケーキ。どれも苦手だから食べられないということはほぼないであろう、王道な取り合わせだ。

「おーっ。おいしそーっ」

「もちろん。蝋燭《ろうそく》はないけどね」

「じゃあ、お皿とフォークをもってくるね」

「だからいいってば、そういうのは。だいじょうぶだから」

「むう」

奈良坂《ならさか》さんが座って三人での誕生日会が始まった。

しかし、今さらだけど、ホントにこの三人だけとは……。

ケーキを食べる前に、俺と綾瀬《あやせ》さんからプレゼントを渡した。

俺からは、ハマっているというアニメ作品のマグカップ。キャラの絵が大きく入ったものではなくて、普段使いできるようなやつだ。

奈良坂さんは嬉《うれ》しそうにカップを掲げると丁寧に俺に向かってお礼の言葉を言った。気に入ってもらえたようでなによりかな。

綾瀬さんが選んだのはティースプーンとケーキフォークのセット。

持ち手のところに植物の蔓《つる》をモチーフにした瀟洒《しょうしゃ》な模様が彫り込まれていて、柄の先が王冠の形になっているお洒落《しゃれ》なやつだった。

「わっ。かわいい！」

「さすがに銀製の、とはいかないけど」

「充分だよ～。ありがとう、沙季《さき》。そっか、これでケーキを食べればいいんだ！」

「そこまで考えてたわけじゃないけどね。２組しかないし」

「ああ、俺はだいじょうぶ。箱に入ってるやつで食べるよ」

ケーキ屋がつけてくれた簡易フォークがある。

「わたしは、せっかくだから、これで食べたいな」

「いちおう洗ったほうがよくない？」

「だねー。ちょっと洗ってくる。それくらい良いでしょ？」

「まあ」

「ほいほーい。じゃ、すぐ戻ってくるね！」

部屋を出て行った奈良坂さんはプレゼントのスプーンとフォークを洗ってくると、足りない俺のために家のスプーンとフォークをもって戻ってきた。やっぱりお世話しちゃうんだな。これが長年のリアル姉生活で身についた姉ヂカラなんだろうか。

コップに入れたお茶で誕生日を祝う乾杯をする。

ケーキを食べていたら、奈良坂《ならさか》さんのお母さんがお茶菓子をもって挨拶にきた。奈良坂さん似の、優しそうな母親だ。そのお茶菓子もしっかりいただいてしまう。食べてばかりで夕食が入らなくなるのがちょっと心配ではある。

そういえば、親父《おやじ》からは同僚と夕飯を食べて帰ると連絡があった。亜季子《あきこ》さんも仕事で深夜まで帰ってこないから、今日は夕食の支度を気にしなくて済む。どうやら親父の忙しさも峠を越したのかな。

食べ終わった綾瀬《あやせ》さんと奈良坂さんが夏のプールの思い出話を始める。緊張していた俺は、ようやくすこしばかりのんびりできてクッションの後ろに手をついた。

背中が何かに当たってしまい、慌てて体を引きはがした。

六畳間にベッドと勉強机とローテーブル、それに壁に押し付けるようにしてカラーボックスが二つも置いてあるのだから、さすがに手足を自由に伸ばせるほどの空きはない。ぶつかりそうになった背後のボックスをおそるおそる見れば、どうやらグッズの収納&陳列スペースだ。何も壊れた様子はなくほっとしてしまう。

奈良坂さんがアニメ好きというのは、今回のプレゼント選びの際に綾瀬さんから聞かされてはいたが、並べられたグッズの中に、どこかで見たようなフィギュアがあった。

フィギュアというか、これはロボットだな。

既視感の理由をすぐに思い出す。夏に、丸《まる》がネットの友人に贈るとかで買い求めた限定グッズと同じだったのだ。

へえ。やっぱり人気だったんだなこれ。

「そういえば沙季《さき》ももうすぐ誕生日だよねー。12月だっけ？」

奈良坂さんの声に俺は意識を引き戻した。

いつの間にか話題は綾瀬さんの誕生日になったようだ。

「ねえねえ。浅村《あさむら》くんは誕生日、いつなの？　お兄ちゃんっていうことは沙季より前なんでしょ？」

奈良坂さんが俺のほうに顔を向けて訊《き》いてくる。

「12月だよ」

「あれ？　同じ月？」

「私のちょうど一週間前」

「なーんだ。お兄ちゃんなのは一週間だけなんだ」

言われてみればそうか。一週間後には同い年になってしまうわけで。とはいえ、小学生じゃあるまいし、たかだか一歳上で年長者扱いしてほしいなんて思わない。

「まあ、形だけだな」

「でも、沙季《さき》みたいなかわいい女の子に『お兄ちゃん！』って呼ばれると嬉《うれ》しいでしょ」

「だから真綾《まあや》それはやめて」

綾瀬《あやせ》さんが真顔で言った。

「照れなくてもいいじゃん」

「むずがゆいからやめてって言ってるの」

「じゃ、『お兄さん』？」

「変わらないでしょ、それ」

「んじゃじゃ、おおまけにまけて……『兄さん』」

どこら辺がおおまけなのかわからないぞ——というツッコミは実のところしている余裕がなかった。

どきり、としてしまう。

奈良坂《ならさか》さんはまるで綾瀬さんが口にするように『兄さん』と言ってのけたのだ。綾瀬さんが言ったかのように錯覚してしまう。

今のところ綾瀬さんが俺を『兄さん』と呼ぶのは親父《おやじ》か亜季子《あきこ》さんがいるときに限られていて、まさかそんな場面を奈良坂さんが見ていたはずはないのだが。

「や……めて」

「えー、これくらいいいじゃん。ホントに妹になったんだしさー。それとも、もう呼んでるとか？」

「浅村《あさむら》くんは浅村くんでしょ」

「それじゃつまんない」

「つまるつまらないの問題じゃないでしょ。はい、もうこの話題やめ！」

ぱん！　と綾瀬さんが両手を打ち鳴らす。

奈良坂さんは不満げな表情を浮かべたが、一瞬の後にはもう自分の言ったことを忘れたかのような笑みになった。

「こうしてお祝いしてもらったことだし、これはもう、12月のふたりの誕生日会は盛大にやらなくちゃね！」

盛大に何をするつもりだ。

イベント好きっぽい奈良坂さんにそう言われると、すこしばかり心配が先に立つ。俺としてはバースディパーティーにそこまでの思い入れはないし。

なぜかと言えば――。

「12月生まれは誕生日なんてクリスマスと一緒にされるもんだけどな」

家族でのお祝いの経験談を話すと、「わかる！」と綾瀬さんが同意してくれた。やはりそういうものか。

当時の俺の家の状況を思い返せば、誕生日はありがたい存在ではあった。なにしろその日だけは両親が夫婦喧嘩《げんか》をしないでくれたから。たとえクリスマスとくくられていようと、不満を言う気はなかった。

ただ……。

ちょっと損した気分にはなるよな、と話した。

綾瀬《あやせ》さんも大きく頷《うなず》いたから、似たような状況だったのだろう。

そんな話をしていたときだ。キィ、と小さな音が鳴って俺は扉のほうへと視線を向けた。

細く開いた隙間から、幼稚園に通っているくらいの男の子が覗《のぞ》いている。

ほぼ同じタイミングで奈良坂《ならさか》さんも振り返った。

「こらー、姉ちゃんはお友達と忙しいって言ったろー。お母さんとこ行っといで！」

言われたけれど、男の子はじっと俺たちを見つめてくる。

いや、視線を追うと……テーブルの上のお菓子に向いているような。奈良坂さんも気づいたようだけど、静かに首を振った。

「だめだめ。もうすぐお夕飯でしょ」

「ずるい……」

「あーもう！」

立ちあがった奈良坂さんは男の子のほうへと向かいながら。

「あんたたちのぶんもちゃんとあるから安心しなー。でも、晩ご飯が先だよ」

「えー」

それでも叱り飛ばすような剣幕《けんまく》ではなく奈良坂さんの声は穏やかだ。弟のほうも不満げに頬《ほお》を膨らませつつも、ぽんぽんと背中を叩《たた》かれて向きを変えた。

「ほらほら。行った行った」

「おやつー」

「ご飯が先だよー」

「まあねぇちゃんばっかり、ずるいー」

「ほうれほれ！　そんなこと言う口はどの口だぁ？」

「うりゅひー」

じゃれあいながら弟を部屋から連れ出していく。

さらに騒がしい声がひとしきり聞こえて——弟たち何人いるんだろう——やっと静かになった。

「あー、ごめんねー。ちょっと中断させちゃって」

「だいじょうぶ」

部屋に戻ってきた奈良坂さんに綾瀬さんが言って、俺も頷いた。

「元気がいいね。奈良坂さんの弟さん」

「ちびーズのひとり。あの子がいちばん下なんだ」

言いかたからすると、弟たちと奈良坂《ならさか》さんとの間には年齢差がけっこうあるようだ。

「面倒見る必要ある弟がたくさんいて大変なんだよー」

大変と言いながらも、話す奈良坂さんの表情は楽しそうだった。

弟たちのことを可愛《かわい》がっているのがわかる。構うほうも構われるほうも楽しそうなのは良いことだと思う。そういえば、兄弟というのは歳《とし》が近いと親の愛情を取り合うライバルになるが、歳の離れた弟や妹は保護対象へと認識が変わるという話を聞いたことがあった。

つまり弟というよりも、我が子を相手にしているような気持ちになるってことか。

「奈良坂さんは、いい母親になりそうだね」

けっして子どもを放って家を出て行ったりはしなそうだ。

不意に口をついて出た言葉に奈良坂さんが呆《あき》れたような顔になった。

「浅村《あさむら》くん、それは沙季《さき》にだけ言ってあげる言葉だよ」

「真綾《まあや》、なに言ってんの」

え？

綾瀬《あやせ》さんにだけって……。

俺はそこで「いい親になりそう」という言葉を奈良坂さんが「(俺にとって) いい結婚相手になってくれそう」の意味で捉えていることに気づいた。それなら確かに奈良坂さんを相手にして言うのは間違って……って、そうじゃなくて。

「あれ？　言ってほしくないの？」

そういう問題じゃない。

「そういう問題じゃない、でしょ」

綾瀬さんも俺と同じ意見だったようだ。

「なりたくないの、お母さん？　お父さんでもいいけど」

「母は尊敬しているけど、それはそれ。私は今のところ考えたことはないです。というか、お父さんにはなれないでしょ」

それは父と母を生物学的役割ととるか社会的役割ととるかによるけどな。

「あ、わかったよ」

「……なにが？」

「お婿さんになりたいんだね！」

「何がどうわかったら、そうなるの？」

氷のように冷たい声で言われても奈良坂さんはにこにこしている。いったい奈良坂さんはどこまでわかっていて俺たちをからかってきているんだろう。

はあ、と綾瀬さんがため息をついた。

「なんで誕生日の真綾にこんなつっかかってんだろ、私」

奈良坂さんがボケを続けるからでは？

俺の視線に気づいた奈良坂《ならさか》さんがすねた顔になった。

「そんなジト目で見られると傷つくなあ、浅村《あさむら》お兄ちゃん。ほら、怖くない」

俺の目の前ににゅっと差し出された小さな指をじっと見つめる。

どうしろと？

「だいじょうぶ。噛《か》みつかれても耐えるから」

「しないから」

「沙季《さき》が見てるもんね」

「見てなくてもしないってば」

「真綾《まあや》は何を言ってるの？」

どうやら綾瀬《あやせ》さんにはわからなかったようでなによりだ。

そのあとも何度か奈良坂さんはボケつづけたけれど、綾瀬さんのクールフェイスを崩すまでには至らなかった。

そろそろ父親の帰ってくる時間だというので、俺と綾瀬さんは奈良坂家を辞することになった。

奈良坂さんは、これから家族ともお祝い会をするらしい。

きっと父親が蝋燭《ろうそく》の立てられる大きなホールケーキを買ってきたり、先ほど挨拶に来たお母さんが美味《おい》しい手料理をたくさん作ってくれたりするのだろう。そして弟たちに囲まれた奈良坂さんは楽しそうに笑いを提供し続けるのだ、きっと。

別れ際にぽつりと綾瀬さんが奈良坂さんに向かって言った。

「幸せな家庭だね。みんな仲良しで」

奈良坂さんが首を捻《ひね》る。

「なに言ってんの？」

「え？」

「沙季ってば、それこっちの台詞《せりふ》」

ぴっと右手を拳銃のかたちにして綾瀬さんに向け、それからつつっとずらして俺のほうに銃口を向けた。ばん、と音には出さずに撃ってきた。

「仲、良いじゃん？」

「真綾、なに言ってんの」

「あれ？　言ってほしくないの？　兄妹《きょうだい》仲いいねって」

「え、いや」

「そっか、わかった。つまり夫婦仲がいいねって言われたかったんだね」

「だ、誰が夫婦だって……！」

「沙季のお母さんと浅村くんのお父さんが」

「ぐ」

綾瀬《あやせ》さんがほんとうに絶句する顔を見られたのは初めてかもしれない。

「仲、良いんでしょ？　言ってたよね？」

「う、ま、まあ」

答える綾瀬さんのその頬《ほお》がわずかに上気していたのはマンションから出て冷たい風に当たったからではないと思う。

にまーっと奈良坂《ならさか》さんが笑みを浮かべる。

「んん？　誰と誰が夫婦だと思ったのかなー？」

「帰る。また、明日ね」

「ほい。またねー！　浅村《あさむら》くんも！」

決してそれ以上はからかわないところも、奈良坂さんが綾瀬さんの友人として距離を保っていられる所以《ゆえん》なのだろう。賢い宮廷道化師は、王様をやりこめつつも首を切られない距離感を知っているものなのだ。

「じゃ、良いお誕生日を」

そう言って軽く頭を下げてから俺は綾瀬さんといっしょに帰路についた。

「まったく、からかってくるばかりなんだから」

「でもさ」

綾瀬《あやせ》さんが俺のほうを見る。

「兄妹《きょうだい》仲が良いように見られたのなら、俺たちの今の距離感としては正しいわけで」

「それは……そうだけど」

帰り道を歩きつつ綾瀬さんは、友人との会話を思い出しては膨れたり呆《あき》れたりたまに照れたりしている。思い返すような表情をしては「真綾《まあや》ってばもう」と繰り返していた。

ほんと、仲が良いよな、このふたり。

仲良きことは美しき哉《かな》。武者小路実篤《むしやのこうじさねあつ》だっけか。日本文学史に残る作家だけれど、作品そのものは俺もあまり読んでいない。

いやそれはどうでもよくて、仲が良いひとたちを見ていると、見ているほうもほっこりするものだよな。親子であれ友人であれ、そして夫婦であれ。

俺は、親父《おやじ》と亜季子《あきこ》さんの顔を思い浮かべる。そして傍《かたわ》らを歩く綾瀬さんの横顔を見つめた。

少なくとも子どもの前では喧嘩《けんか》しないくらいの仲の夫婦、か。

遠いいつかの未来予想図を俺はふと考える。

けれど、高校生の俺にはまだ将来の具体的な生活なんて想像できるはずもなく。

ぶるりと体が震えた。

木枯らしの音が空高くから落ちてきている。

●10月21日（水曜日） 綾瀬沙季《さき》

真綾の誕生日会から帰宅した夜。

私は明日の授業の予習をしていた。

ヘッドホンから流れてくるノイズ混じりのゆるやかな音。

私の視線は先ほどから教科書の上を往復しているけれど、集中できていなくて、上滑りするばかりだ。予習になっていない。まあ、日本史だから前もって解いておく問題もあるわけじゃないし。って、これは言い訳だね、沙季。

ついに集中が完全に切れてしまい、私は視線を上げる。時計の表示がそのタイミングでちょうど23：33へと切り替わった。あ、ゾロ目。なんて考えたものだからもう完全に勉強する気分ではなくなって……。

お風呂にしよう。

諦めて私は風呂場へと向かった。

乾燥を防ぐためにコップ一杯の水を飲んでから湯船へと浸《つ》かる。手足を大きく伸ばせば緊張が湯にゆっくりと溶け出していくのを感じた。

ほわあ、と息を大きくついてしまう。

「真綾ってばもう」

真綾《まあや》の家のエントランスで待っていた浅村《あさむら》くんと合流したとき、真綾が言った言葉を思い返し自然と頬《ほお》がふくれてしまう。

『それどころか、若いふたりだけにしてもいいんだよ？』って。浅村くんに聞かれていなければよいのだけど。

だいたい誕生日の主役が消えてどうするんだ。まったく。

あの子はどこまで私たちのことを怪しんでいるんだろう。私と、浅村くんとの仲を。

それはまあ、私たちは実際に兄と妹なわけだし。だから仲が良いと言われるのは自然で、そこをからかわれたからといって何も問題はない。

真綾だってさ、弟との仲が良かったじゃない？

あれと同じ。兄妹《きょうだい》のスキンシップの範囲内だよね。そうつまり、浅村くんが幼稚園児だったら、私もあんなふうに接するのはアリなのでは？

幼稚園児のときの浅村くんはどんなだったんだろう。でもきっとあれくらいかわいくて。生意気そうな顔の柔らかいほっぺたを引っ張ったりつついたり。……誰の？　浅村くんの——って、そんなのできるわけない。

私はぶるっと首を振って妄想を追い払った。何を考えてるんだろ。

思考を切り替えよう。再来月《さらいげつ》には浅村くんの誕生日がある。私もだけど。その前に浅村くんだ。そうか……誕生日プレゼント考えなくちゃ。

しばらく考えているうちにセットしておいたタイマーが鳴った。

入浴時間は二十分が目安。汗をかく前に浴槽から上がる。それ以上の時間を湯に浸《つ》かっていると肌が乾燥しやすくなるから。

体を拭いたあとの保湿も大事だ。湯気を立てている体を放っておくと、どんどん肌から水分が失われてしまう。

着替えを済ませ、洗濯にまわす服をまとめて部屋にもっていってから（まさか脱衣所の籠に入れておくわけにはいかないし）、ナイトウェアに上着を羽織り私はリビングに戻って冷蔵庫を開けた。冷えた麦茶を一杯だけ飲む。

扉の開くかすかな音がした。

帰宅した母だった。

「あれ、珍しい。早いね」

バーテンダーという仕事ゆえに、母の帰宅は深夜どころか翌朝になってしまうこともよくある。それから考えると随分と早い。

「ええ……ちょっと」

「どこか具合わるいの？」

「ふう。だいじょうぶ。病気とか風邪じゃないから。いつもの。ちょっと重くてね」

言いながらリビングの椅子に腰を下ろした。

「ああ――」

　私は理解したしるしに頷《うなず》く。

「寒かったでしょ。温かいお茶でも飲む？」

「ありがとう。お願い」

　電気ケトルのスイッチを入れてから私は母の向かいに腰を下ろした。

「ちゃんと休んでくれるようになったんだ」

　これまではすこしくらい体調がすぐれなくても働き続けていた。調子が悪ければしっかり帰ってくるなんて以前に比べて変わったなと思う。

　以前――再婚前と比べて。

「太一《たいち》さんもいるし、休んでもいいんだって思えるようになったのかも」

　寝室に視線を送りながら言った。

「お義父《とう》さんがいるから？」

「ええ。それに沙季《さき》もしっかりしてきたし？」

　そう言ってやわらかく微笑《ほほえ》む。

　面映《おもは》ゆいし、自分の頼りなさが母に休ませることを躊躇《ためら》わせていたのだと知って、申し訳なくも思った。

　それでも今の母は休みを選択できる。昔とはちがう。

の心強さがある。

家族の誰かが倒れても、誰かが助けてくれると信じているから。頼れる家族がいること

ケトルのスイッチがかちりと切れて湯が沸いたことを知らせる。ノンカフェインの紅茶を淹《い》れて母の前にカップを置いた。

「お義父さんだけじゃなくて、私もいつでも頼っていいから」

「ありがとうね、沙季」

私は首を横に振る。

母の苦労を思えば、私にできることなどまだまだ何もない。母が信頼しているお義父さんのようには……。

「ご飯は？」

「少し食べてきたからいいわ」

微笑んで、母は手近にあったリモコンを手に取りテレビを点《つ》けた。

ニュースバラエティ番組の賑《にぎ》やかな音が流れてくる。遅れて、画面には橙色《だいだいいろ》の飾りつけや電飾でまぶしい店舗を芸能人が楽しげに巡っている映像が映し出された。ハロウィンにちなんだ特集らしい。

「そういえば、ハロウィンなんだけどね」

「ああ、うん」

番組で思い出したことがあるのか母がいきなりそう切り出してきたので、私はとっさに生返事をした。

「最初はね。太一《たいち》さんとどこかに食べに行こうかって相談してたの。ほら、お祭りだし」

西洋のだけどね。

でも──渋谷《しぶや》でお酒を出すお店は大盛況だからおそらく朝まで帰ってこれない、と母は言った。

「そこまでハロウィンって大事な行事だっけ？」

一部の仮装好きのためのイベントだと私は認識していたけど。

「太一さんはとにかくみんなでお祝いしたいのよ。でも、もうすぐ12月だから、お祝いはそっちでいいわって言ったの。クリスマスはしっかりお休みをもらうつもり。だから、ふたりのお誕生日を家族で盛大に祝いましょうね」

母のその言葉に、今度は私は同意のうなずきを返した。

「うん、わかった」

「なあに、そんなに笑って」

「なんでもない」

やっぱりクリスマスと一緒か。なんて思って笑いがこみあげてきたのも事実。

けど、それだけじゃない。家族でいっしょにお祝いできるんだ。

今年からは——。

●10月29日（木曜日）　浅村悠太《あさむらゆうた》

奈良坂《ならさか》さんの誕生日会から一週間ほどが過ぎ、木曜の朝。

起きて着替えると真っ先に顔を洗うべく洗面所へと向かった。

靴下だけでは足の裏も冷たく感じる季節になってきている。何度か足踏みをしながら顔を洗い、髭《ひげ》を剃《そ》った後に化粧水を顔に叩《たた》きつける。

整髪料でさりげない程度に髪も整えた。さりげない程度というのはつまり寝癖を落ち着かせる程度ということだ。

文化祭の頃から、綾瀬《あやせ》さんを見習っての朝のルーティンワークだけど、それをするようになってから気づいたのは、家の中で肌の手入れをしていなかったのは自分だけだということだった。

「まさか、親父《おやじ》のコレが化粧水だったとは」

洗面台に置いていたブルーの透明な瓶が男性用化粧水だったとは気づかなかった。

驚愕《きょうがく》である。

しかも、記憶を辿《たど》れば親父が亜季子《あきこ》さんと出会う前からコレは洗面台に並んでいたのだ。

こう見えて営業もやったことある、という親父の発言を思い出した。

親父、侮り難し。

そして、自分はつくづく興味のないことを気にしない性格なのだなと思う。

俺には気遣いが足りない。いや、より正確にいえば、他人に好意をわかってもらうことに対する意欲が足りない。

そのままでいいと綾瀬《あやせ》さんが言ってくれたけれど、俺は綾瀬さんを想《おも》っていることに関して妥協したくはない。自分のペースでできるかぎり頑張っていきたい。

ちなみにミラーの脇の物置台には今や親父《おやじ》のものだけでなく亜季子《あきこ》さんや綾瀬さんの瓶やらクリームやらも並んでいて、家族が増えたことを実感してしまう。

家族の人数が二倍になったのだから、物も二倍に増えていておかしくはない。それでも、男だけの家庭では目にしない種々のアレコレを見ると、なんだか新鮮さとむずがゆさを感じてしまうわけで（そして、本格的な化粧道具はここには置いてないよ、と綾瀬さんから聞かされてさらに驚いたんだよな。これ以上、なにをするんだ？）。

朝食を済ませると、いつも通りに綾瀬さんがまず家を出て、しばらくしてから俺も学校へと向かう。

自転車に乗り渋谷《しぶや》の街を走る。

あたる風に爽やかさよりも涼しさを感じるようになってきた。

一か月もしたら冷たさへと変わるだろう。

いつものように駐輪場に自転車を停《と》め、いつものように始業五分前には教室へと辿《たど》りつき授業の用意をしていると、朝練を終えた丸《まる》が、いつものように目の前の椅子にどかっと腰を下ろした。

「おはよう、丸。お疲れさま」

「ああ。まあ、この程度では疲れてはいないがな」

「さすが」

「慣れだ慣れ。特別な鍛錬だと思うからしんどくなる。面倒なことは日々の習慣にしてしまえば気にならん」

含蓄のある言葉に聞こえるけれど、そもそもそれを習慣にできるのが凄《すご》いのでは？

担任がやってきて、朝のＳＨＲが始まった。

そこで「いつものよう」ではないことが起きた。

担任がプリントを配った。

『ボランティア募集』

いちばん上にそう書かれている。内容に目を通してみた。どうやらハロウィン翌朝のゴミ拾いボランティアのちらしのようだ。

「渋谷のハロウィンは有名だが、翌朝のゴミがひどい」

丸の小声の言葉に俺も頷《うなず》いた。

そういう話は年々耳にするようになっていた。地元が賑《にぎ》わうのは嬉《うれ》しい話だが、地元が汚されるのは悲しい。

さらに悪いことも起きる。

ゴミが放置されればどうなるのかというと、カラスが大量に湧いて、道を歩けばネズミが横切るようになるのだ。しかも丸々と太ったやつが。

臭いもかなりきつい。

「渋谷《しぶや》の街は、日本の代表的な都会と呼ばれているが、祭りの後の朝の渋谷は本当に汚いぞ。ひどいもんだ」

「経験あるの？」

「朝練があるからな」

ハロウィン後の朝の渋谷の街を通り抜けたことがあるようで、丸《まる》は眉間にしわを寄せていた。よっぽど印象が悪かったんだな。担任が興味があれば参加してみてほしいと告げて教室を出て行った。

「でも、けっこう朝早いよね、これ。どうする？」

「どうして、どこの誰とも知らない奴《やつ》らが汚した街なんか掃除しなきゃならんのだ」

「まあ、そうだよなあ」

いつもの朝とちがうちょっとした出来事は、ハロウィンが近いことと、楽しいだけでは終わらない現実を俺に感じさせて終わったのだった。

その日の放課後は予備校があった。

夏期講習をきっかけに定期的に通っているのだが、やはり継続は力なりというべきか、春頃にくらべて俺の成績は格段に上がっていた。我ながら勉強に対するモチベーションも上がっている気がする。

すこし前までは特に目標はないが進学する大学はレベルが高いに越したことはないだろう、くらいの感覚で勉強に臨んでいたが、いまはそれよりも明確な目標が生まれていた。

大学進学。だけでなく、目標はその先の就職だ。

より給料の高い会社に入る。――それを達成するために、国公立私立問わず一流大学と呼ばれるところに入れるくらいの学力を身に着けておきたかった。

これは誰に強要されたわけでもなく、誰にも共有していない、自分で見つけた自分だけの目標だ。

綾瀬《あやせ》さんにすら言っていない。

いやむしろ綾瀬さんには言えない。

だってこれは、ワリのいい高額バイトを見つけ綾瀬さんの独立を助けてあげられているわけでもないのに毎日の食事を作ってもらってしまっている不均衡に対しての、俺なりのバランスの取り方だから。

彼女が独立するための仕事は見つけられなかったけれど、彼女の生き方を束縛するものがないように、いつでも浅村《あさむら》家を養っていける力を手に入れておきたいとごく自然に考えるようになったから。

直接綾瀬《あやせ》さんの希望に沿う行動でもないのにきっかけが綾瀬さんだと伝えるのは恩着せがましく感じられて、だから言わないでおいている。

予備校の建物に辿《たど》りついたところで綾瀬さんからＬＩＮＥに着信が入った。

『終わったら、一緒にスーパーへ買い物に行かない？　明日の朝食の食材、買い足したくて』

俺としても異存はなく、授業の終わる時刻を伝えて、予備校の前で待ち合わせる約束を取り交わす。

楽しみだ。

教室の扉を開けると、見覚えのある背の高い女子に目が止まる。藤波《ふじなみ》さんだ。

彼女の隣の席しか空きがなく、俺は軽く挨拶をして座った。

予備校の授業時間となっているのは、18時30分から21時20分までの約3時間。ただ俺はその日は2コマしか選択しておらず、2時間で授業が終わる。

20時20分。綾瀬さんとの待ち合わせは十分後だ。

授業の終わりまで隣の藤波さんとは特に話をすることもなかったが、終わったあとで彼女のほうから声をかけてきた。

「何か、ちょっと変わりましたね」

俺は出していた筆記用具と教材を鞄《かばん》へとしまいつつ顔を藤波さんのほうへと向ける。

「そう、かな？」

「ええ。彼女でもできました？」

「彼女、ではないけど。なんて説明したものやら」

「なるほど。それはおめでとうございます」

「あっさり受け入れてくれるんだね。こっちは曖昧な言い方をしちゃってるのに」

「断言しないなら、しにくい理由があるでしょうし」

藤波さんは眼鏡を外すと、暖房の効いた教室でくもったレンズをマイクロファイバーのクロスで拭う。

「好きな人との関係が良いほうに変化したなら、彼女でもセフレでも、それ以外の何だとしても結果オーライ、です」

「藤波さんに背中を押してもらえたおかげで前に進んだんだ。本当にありがとう」

「それはよかったです。よかったですが、それなのにこんなふうに他の女と親しげにしていいんですか」

笑みを浮かべ、からかうような口調で言われた。

「ええと……、俺は藤波《ふじなみ》さんのことは友達だと思っているからね」

「なるほど。あたしと浅村《あさむら》くんは友達でしたか。それなら問題ないですね」

納得してくれたようでなによりだ。

そこで俺はふと思い至った。

「そういえば藤波さんは渋谷《しぶや》の街に詳しいよね」

俺もこの街の近くに住んでいるわけだから詳しくないとは言えないが、藤波さんのように夜の渋谷の街を遊びまわった経験はない。駅周辺の本屋だったらマップを描いてみせられるくらいには熟知しているけれど。

「藤波さんはハロウィンにも詳しそうだけど」

「ああ、そうですね」

「当日は遊んだりしてる？」

「はい。あたしはけっこう好きですよ。あのノリ」

遊ぶ、といっても、ああいう陽気なパーティーのノリが好きなタイプには見えなかったので、俺はちょっと驚いた。

「すこし、意外かも」

「そうですか？　でも、ああいうときって、びっくりするほどみんなアタマ悪くなってて、人間ってこんなしょうもなくてもいいんだなって思えるから」

そう言って藤波さんは口元だけで笑みを作るこれぞアルカイックスマイルという表情をしてみせた。その笑みは、丸《まる》のようなバカ騒ぎに対する否定派と真逆のようでもあり、それなのにある意味で同一であるようにも見えた。

「しょうもなくていい、か」

「ええ。我々は、つまるところサルからちょっと分化しただけの動物なんですから」

「つまり藤波さんは普段はヒトに期待しているんだね」

俺の言葉に彼女は一瞬だけ目をしばたたいた。意外なことを言われた、とばかりに。

「そう、ですか」

「期待しているから失望する。だから、時々期待しすぎる自分を諌《いさ》めるためにバランスを取っているんじゃないかな」

「なるほど……その発想はありませんでした」

鞄《かばん》の中に入れておいた携帯がマナーモードのまま震えて、慌てて取り出した。綾瀬《あやせ》さんからのＬＩＮＥだ。通知欄にメッセージの一行目が表示される。

『予備校の前に着いた』

俺は携帯をポケットに入れ、鞄を肩に掛ける。

単なる買い物の付き添いにすぎず、デートと呼べるようなものでもないが、綾瀬さんとふたりで何かをする——時間を共有できる、というだけで心が弾む。

「例の女の子ですか」

「そう。外で待ち合わせしててその連絡……って、会話中にスマホ見るのは失礼だよね。ごめん」

「あ、そういう気遣いいらないんで」

その答えに藤波《ふじなみ》さんらしいなと思った。

他人の行動を束縛したがらないところは綾瀬《あやせ》さんと似ている。

「じゃあ、あたしはお先に」

「うん。またね」

「はい、また」

そう言って藤波さんはさっさと教室を出て行った。

3コマめの授業の始まりを知らせる鐘の音がスピーカーから零《こぼ》れてくる。音に急《せ》き立《た》てられるように俺も教室を後にした。

予備校の入っている建物を出ると、すでに空は真っ暗になっている。歩道に立っている街灯に寄り添うようにして綾瀬さんが佇《たたず》んでいた。明かりに照らされた明るい色の髪と顔を俺はすぐに見つけることができた。

視線が合い、にっこりと微笑《ほほえ》んでくる。半日会わなかっただけなのに、なんだか長く遠ざかっていてようやく会えたような、そんな気分だった。

「待った？」

近づきながら声をかける。

首を横に振りながら「いま来たところ」と短く答えてくる。制服ではなくカーディガンを羽織った私服姿だ。

この時間だ、家に戻って着替えてから来たのだから当然だろう。単なる買い物に出てきただけなのだけれど、相変わらず隙のない恰好《かっこう》が似合っている。

俺のほうは学校帰りに寄ったから制服のままで。並んで歩くと気恥ずかしいのは意識しすぎなんだろうか。

帰り道の途中にあるスーパーに寄った。

ことさらに意識してはいなかったが、世の中はしっかりハロウィンを迎える準備を済ませていたようだ。

スーパーに入ってすぐにある陳列棚が季節限定お菓子で埋め尽くされていた。

「ハロウィンって目に痛いよね」

俺の言葉に、綾瀬さんがちょっとだけ考えてから言う。

「オレンジ成分が多いから？」

「そうそう」

パッケージとして鮮やかな橙色《だいだいいろ》が多い。

西洋かぼちゃの色。

発祥の地では元々カブを用いていたそうだ。そのときはジャックの掲げるランタンも白だったはず。

けれどアメリカに伝わってからは、より身近なかぼちゃに化けた。

それが伝わってきたから、日本でもハロウィンの定番はオレンジ色のかぼちゃなのだ。

プラスティックの橙色のかぼちゃの容《い》れ物にお菓子を詰め込んである。このオレンジが目に刺さるくらいの明るい色だから、大量に積んであると見つめているだけで目が痛くなるというわけ。

「デパートの催事場もこんな感じだったし」

「ああ、そうか。奈良坂《ならさか》さんのプレゼントを買いに行ったときに見たんだね」

「それもあるし、街中もけっこう飾りつけあるから」

思い出してみれば、商店街の一角にはまるで七夕のようになぜか街路樹からハロウィングッズが吊《つ》り下《さ》がっているところもあったような。

「そういえばそうか」

「でも、この手の季節ものって終わるとあっという間に入れ替わるよね」

俺は頷《うなず》いた。

イベントが終わると、次の日にはもう売ってなかったりする。

おそらくハロウィンが終わればここの棚の上にはクリスマス商品が並ぶ。そうして今年もあとわずかという気分にさせてくるのだ。

「まあ、クリスマス商品のほうが緑が入っているだけ目に優しいかな」

「浅村《あさむら》くん、おもしろいイベントの見方をするよね」

「そう、かな」

「売場の色構成でイベントを評価するひとって、あまり見たことないかも」

関心の無さが良く出ているとも言えるんじゃないかな。

入口傍《そば》の限定商品の棚を越えて俺と綾瀬《あやせ》さんは買い物を始めた。

スーパーの商品の配置なんてどこも同じだと思うが、どうやって回るかに客ごとの個性が出る。それは書店と同じだ。たとえ店が標準的な客の回遊路を設定しても例外は常に生じる。

「家の消耗品、足りなくなってるのある？」

カートにカゴを置いていた俺に向かって綾瀬さんが尋ねてくる。

何度か付き合ってわかってきたことだけれど、綾瀬さんは買い物の手順を最初にぜんぶ決めたがる。おそらく効率良く回りたいからだろう。目標を決めたら最短距離で達成したがる性格というか。

洋服を買いに行ったときもそうだった。頭のなかでまるで最初から通り抜けるルートが決まっていたかのようで。迷うことなく目的の場所に行っては次へと向かってたっけ。

「ええと……足りなくなってるものか」

俺は記憶をさらって家に不足しているものがあるかどうかチェックする。

消耗品か。

トイレットペーパーやボックスティッシュはまだ充分残っている。ゴミ出し用の半透明のポリ袋も開けてないやつがまだあったはず。洗剤とか柔軟剤の類《たぐい》も残っているし。

綾瀬《あやせ》さんが言う。

「今は不足してたものはなさそうなんだけど」

「覚えてる範囲では、だいじょうぶだと俺も思う」

取り立ててここ数日の暮らしで困った覚えがない――そうか、こういうときのために不足を感じたらメモを取っておくべきかも。紙のメモ帳を持ち歩くのは面倒だけれど、今の時代はスマホに向かってしゃべっておけば記録できる。

「調味料も……あ、みりんがそろそろ足りないかな。あと胡椒《こしょう》はあるけど、粒の黒胡椒がそろそろなくなりそう」

「その辺もついでに買っていこうか」

「うん。わかった」

そう言って綾瀬さんがすたすたと歩き出し、俺は背中を追ってカートを押していく。

野菜コーナーの前を通りつつ、綾瀬さんは並んでいる品々の価格をチェックしていった。あ、安い、とか。ちょっと高いなーとか。大根を見たりキャベツを見たりする毎《ごと》に小さな声でつぶやいている。

「全体的にちょっと青物高いね」

「そうなんだ」

青物というのは野菜のなかで、ほうれん草やネギのような緑色の葉をもっているもののことだ。それはわかるのだけれど、高いかどうかは日頃から値段を気にしていないとわからない。

「昨日より、二〇円くらい高い」

「よく覚えてるね」

「そう？　ふつうだと思うけど」

感心するしかない。だって昨日の値段なんて覚えてない。というか、そもそも野菜の値段を毎日チェックする習慣がなかった。

さらっと値段を確認するだけで野菜コーナーの前を通り過ぎる。その次にあるのが肉のコーナーでこちらも鶏《とり》、豚、牛と順に並んでいた。さらにその先は魚の棚で、綾瀬さんは値札を見つつも、手に取ることはなかった。

「買わないの？」

「まだメニューを決めきれてなくて。ひとりだったら明日のぶんだけを決め打ちしちゃうけど、今日はふたりで持って帰れるから、ちょっと先のぶんまで買っちゃおうかなって」

荷物持ちが増えたので選択肢も増えたってことか。

「そういうことなら了解」

「ごめん。少し重くなるかもだけど」

「いつも作ってもらってるんだからさ。これくらいのこと、言ってくれればいつでも手伝うよ」

そう言うと、綾瀬《あやせ》さんは小さくありがと、とつぶやいた。ちょっと照れているような横顔を見て、ほんとにいつでも手伝うのにと改めて思う。なんだか、ふたりで相談しながらする買い物っていいな、とちょっと思ったり。

「うん。決めた。じゃあ、お肉は鶏肉《とりにく》であと野菜を幾つか買う。その前に、もうすぐなくなりそうな調味料を」

「了解」

確か、みりんと黒胡椒《こしょう》だっけか。

で、みりんってどこだ？

「あそこ。ほら醤油《しょうゆ》とかソースって調味料のタグが見える」

指さしたほうまで足を運ぶ。

みりんの瓶を手に取ってから、ふと考えこんだ綾瀬さんはそれを棚に戻した。おや、と思っていると、その下に置いてあるひと回り大きなサイズを取ってカゴに放り込む。

「こっちでいいの？」

「あ、うん。最近、減りが早いなって思ってた。よく考えたら、使ってる量が倍になってるんだよね。だからこっち」

「そうか……。綾瀬さんの家は数か月前まで半分の量で済んでたんだ」

「いつもの感覚で買い物してたけど、そろそろ慣れないと」

「じゃあ、次は黒胡椒だね」

反対側の棚で塩や砂糖、胡椒などを売っていた。いちばん上の棚に、探していた黒胡椒を見つけた俺は、綾瀬さんの確認を取ってからカゴへと入れる。

もういちど肉と野菜のコーナーを巡って綾瀬さんは鶏のムネ肉と野菜のあれこれをカゴへと入れる。レジへと向かおうとしてふと立ち止まった。

「けっこう安くなってるね」

「ん？　……かぼちゃ？」

「そう。安くなってるから、買ってこうかなって」

レジ近くの特売コーナーに、ハロウィンに合わせて売りたいのか、かぼちゃが大量に並んでいて、安いよ、とPOPが躍っていた。といっても、売っているのは当然の如《ごと》く皮が緑色の日本かぼちゃなわけで、どこにもハロウィン要素はない。

「まるごと1個だと多いけど、ハーフカットだったら食べられるかな……。持てる？」

2分の1サイズにカットしてあるかぼちゃを棚から持ち上げてみる。軽くはないが、重い、というほどでもない。

「だいじょうぶ。自転車の籠に入るから」

レジに並び、スーパーのアプリにポイントを付けてもらってから会計を済ませる。

店を出た頃にはもう夜も更けていた。

帰り道、渋谷《しぶや》のセンター街を通り抜けたとき、仮装して歩いている集団を見た。まだハロウィン当日まで二日もあるというのになんとも気が早い。それはいいんだが、道いっぱいに広がっているのは迷惑きわまりない。ぶつかりそうになって難儀した。まったく。こっちは自転車の籠に重い荷物を積んでいるのに。

帰宅すると、夜の9時を回っていた。

「今夜のおかずはもうできてるから。温めるね」

「ありがとう。でも、それぐらいなら自分でやるよ。勉強時間あまり取れてないでしょ」

「おかまいなく。料理の隙間時間も有効活用してるんだから」

ポケットから小さな英単語帳を取り出し、口元を得意気な形にしてみせる。

笑み、と呼べるほどわかりやすい変化ではなかったけれど、彼女のすこし子どもっぽいしぐさは新鮮で、ふだんとのギャップもあってつい笑いそうになってしまう。

可笑《おか》しくて笑うなんて失礼かなと思い、ふやけそうな顔を隠すように冷蔵庫を開けて、買ってきたものを中に詰めていった。

綾瀬《あやせ》さんが電子レンジで温め始めた何かの香りが、ふわりと鼻を撫《な》でていく。

「いいにおい。それって？」

「照り焼きチキン。もうちょっと待ってて」

その先の野菜の盛りつけや味噌汁《みそしる》の温めも手伝わせてくれなかったので、俺は流しに積まれていた皿を洗うことにした。

夕飯の時間帯に家にいた、親父《おやじ》と綾瀬さんで先に夕飯にしていたんだろう、二人ぶんのそれを洗剤をつけて洗っていく。

「あっ」

「ん？　どうかした？」

泡だらけの俺の手を綾瀬さんはじーっと見つめていた。

「置いといてくれたらやったのに」

「いやいや全部引き受けすぎでしょ。こっちは返せるものが少ないんだし、これくらいはね」

「返せるものがない、ね。……ぜんぜん、そんなことないのに」

「あるでしょ」

「ないよ。私が気づいてないと思った？　浅村《あさむら》くん、家計を支えられるようになるために頑張ってるでしょ」

「えっ」

俺にギャンブラーは向いていないな、と思う。だってこんなにもわかりやすく顔に出してしまったのだから。

「いま紹介できる高額バイトがなかったから。せめていつでも私や家族を助けられるように……予備校を増やしたのも、先行投資とのバランスを考えた上で決めてるよね。授業料を払っても利益が出るように」

「すごいな……なんでもお見通しだ」

「予備校を増やした時期とか考えたら、それはね。それに──」

おたまに掬《すく》った味噌汁《みそしる》をお椀《わん》に一滴落とし、ひとくち飲んで確かめてうなずくと、彼女は続けた。

「浅村くんのこと、考えてるから。そういうの、気づけちゃうんだよね」

「……ッ」

急に汗が噴き出してきたのは、電子レンジとコンロのせいだろうか。皿を洗う手が水に晒《さら》されているのにまるで冷たさを感じなくて、俺は内心で集中、集中、と唱えてひたすら泡を拭っていった。

横目で微《かす》かに綾瀬《あやせ》さんのほうをうかがうと、彼女も顔をそむけていて、何を考えているのか読み取ることはできなかった。

そのとき、ドアが開く音が聴こえて、思わずびくりと背筋を伸ばす。

親父《おやじ》が眠たげにあくびをしながらやってきて、ダイニングに顔を出してから洗面所へと消えた。ついでに、温め直したばかりのチキンの欠片《かけら》を素早くひとつ盗み食いしていった。歯磨きを無駄にしてまで食べたかったのか、親父。美味《うま》い、って顔を崩してニコニコしてた。

変な空気を悟られるのではと身構えてしまったせいで、咎《とが》めそこねてしまった。おのれ親父め。

帰りが遅くなった俺だけの夕食は、味噌汁にご飯、メインのおかずが鶏《とり》の照り焼きだ。サラダとは別にレタスの葉が大きいまま皿にのっている。チキンをレタスで巻いて食べてもいいらしい。

夕食後、まったりとした時間。

食卓でお茶を飲んで胃を落ち着かせながら、向き合って座る綾瀬さんと会話する。

話題は、今日の買い物帰りに出会った仮装集団について。

本番前にこの盛況ぶりなら当日はどうなってしまうのか。31日にバイトを入れていたのは失敗だったたか、とふたりしてあらためて後悔する。

「当日に出歩いたことなんてなかったから気にしなかったけど」

綾瀬《あやせ》さんの言葉に俺も頷《うなず》く。

「相当混みそうだね。もうすでに混雑し始めてたし」

「仮装したまま店に入ってくる人もいるのかも」

「それでも書店員がやることは変わらないから。まあ、びっくりはするかもしれないね。ゾンビメイクとか。……綾瀬さんは怖いのは苦手？」

「……あんまり得意じゃない」

でも、と綾瀬さんが言った。

「浅村《あさむら》くんといっしょなら、だいじょうぶだと思う」

それだったら、ふたりいっしょにバイトを入れていてよかった。

●10月29日（木曜日） 綾瀬沙季《さき》

ハロウィンの二日前。朝のSHRで一枚のプリントが配られた。

『ボランティア募集』

そんなタイトルがいちばん上に書いてあった。ハロウィン翌朝のゴミ拾いボランティアのチラシで。毎年、人混みで溢《あふ》れて鬱陶しいというのに、ゴミ拾いまでやらせるのか。

そういえば、読売《よみうり》先輩と一週間ほど前にハロウィンの話をしたっけ。

先輩は、せっかくなら仮装でもしてくれれば、と言ったんだ。

ネコミミをつけたら可愛《かわい》いかも、と言われて「ほんとに？」と一瞬だけ考えてしまった。

私の「武装」は可愛いを目指してはいなかった。

お洒落《しやれ》であることと可愛いことは、重なり合うところもあるけれど同じではない。それでも今まで気にならなかったのは、可愛いと言ってほしい相手などいなかったからだ。

いや……小学校くらいまでは母に言われて喜んでいた記憶がある。

でも、あれくらいの歳《とし》の子どもが「かわいい」という言葉の意味を理解していたとは思わない。「かっこいいね」でも「きれいだよ」でも「おしゃれさん」でも、なんでも良かったんだと思う。親から掛けられる言葉の意味よりも、子どもは自分が肯定されているかどうかに敏感なのだ。

父は、ちがった。

母の選んでくれた服を着て、周りに「かわいいね」と褒められるたびに、父は不機嫌になっていった。

私の容姿が褒められても、私の成績が上がっても、つまるところ周囲から私が持ち上げられれば持ち上げられるほど、父はそれを肯定してくれなくなった。

おまえもあいつみたいに俺を苦しめるんだ。

そんな呪いのような言葉を掛けられて、私がどうして「かわいい」を肯定できるようになるだろうか。

それでも、私が服を選び化粧を学ぶようになったのは、世間でひとりで生きていくためには隙を作りたくないという考えからだった。気を惹《ひ》きたいからではなかった。

でも――。

「沙季《さき》ー」

真綾《まあや》の声に顔を上げる。

ぼんやりしていたらSHRを終えた担任が教室から出て行くところだった。入れ替わるように席を立った真綾が近づいてくる。

「真綾ってば、授業、始まるよ」

「ふっふっふー。トリック・オア・トリート！　お菓子ちょうだい！」

「はいはい。いたずらしてもいいから、お菓子はあげない」

目をぱちくりとさせた真綾は、次の瞬間ににんまりと笑みを浮かべた。

「じゃあ、ネコミミメイド服を着せて、カラオケでアイドルソングを振り付きで歌わせる」

「それもしない」

そもそもそれは私に対するいたずらではなくて、私を使っていたずらをしようとしているのでは？

「まあ、冗談はさておきさー。ハロウィンって今年は土曜日でしょ？」

「そうみたいね」

「でね。当日はクラスのみんなでカラオケパーティーしようと思ってるんだけど！」

「あ、ごめん、バイトだから」

「友情とバイト、どっちが大事なの！」

「バイト」

比べるものでもないだろう。それに仕事だ。

「そりゃそうか」

「です」

「ん。わかった。バイト、頑張ってね。みんなには今回は欠席って言っておく」

「みんな？」

はて、どのみなさまだろう。

「クラスのみんなだよ。沙季《さき》、文化祭の準備で頑張ってくれたでしょ」

「ああ……はい」

当日にウェイトレスをやらされるよりはマシだと思って。

「地味な裏方を文句も言わずにやってくれたからさ。ありがたいって思ってるんだよ」

「別に。やれることをやっただけだから」

まさかそんな評価になっているなんて今の今まで知らなかったくらいだし。

しかし、ということは、みんなはウェイトレスをやりたかったのか。あのコスプレ衣装を着て、「ご主人さま、お帰りにゃん！」って言いたかったと？

……嘘《うそ》でしょ？

そういえば、浅村《あさむら》くんの友人の丸《まる》くん……だっけ？　全コンセプトカフェを制覇するって言ってたって。達成できたのだろうか。男のひとにはあの恰好《かっこう》ってやっぱり可愛《かわい》く見えるのかな。

私が着ても、そう言ってもらえたのかな。浅村くんに。

「また、浅村くんのこと考えてるでしょ」

「えっ、なんのこと？」

ふふっとかすかな笑みを浮かべて真綾《まあや》が自分の席に戻っていった。

最近、思考を読まれていそうで怖い。

放課後。

バイトもなかったので早々に帰宅し、宿題を片付けていたら、ふと、そういえば浅村くんは今日は予備校だっけと思い出してしまった。

予備校には彼が知り合って仲良くなったという女の子がいるはず。

その子と机を並べて授業を受けていたりするのかな？

私はなんだか急に浅村くんに会いたくなってしまった。……だって、その子は浅村くんの横顔をずっと見ていられるわけで。

ああ、なんてみっともない感情だろう。

熱心に予備校に通っている理由を、私はなんとなくだけど察しているのに。こんな余計な雑念を抱くなんて、彼に失礼だ。

毎日の料理を作る代わりに私の高額バイトを見つける。それが最初の取り引き内容だった。私はべつにもうあんな約束は時効でいいと思っているけれど、あの浅村くんが、約束を軽んじているとは思えない。

彼は彼なりに毎日の料理に見合う何かを私に差し出そうとしているはずで、だとしたら夏休み明けから明確に予備校のコマ数を増やしたのも、きっと将来を見据えての、私への信用の返済計画の一環なんだとすぐに悟った。

実際、浅村《あさむら》くんの成績は上がり続けている。予備校で女の子の友達ができたからといって遊んでいるわけじゃないのは、その結果ひとつ見てもあきらかだ。

と、理性ではそう思いつつも私の心のなかにはモヤモヤした気持ちがどうしても残ってしまう。

LINEを立ち上げて、メッセージを送った。

『終わったら、一緒にスーパーへ買い物に行かない？　明日の朝食の食材、買い足したくて』

こんなことをいきなり言い出して、変に思われるかなと不安だった。いつもならありもので作ったりして工夫するところなのに、わざわざこんな遅い時間に買い物しようなんて、不自然すぎるかも。

けれど、すぐに授業の終わり時間を添えつつ、予備校前で待ち合わせようと返事が来た。

心の中でほっと安堵《あんど》の息をつく。

ヘッドホンを掛けなおす。その途端に鼓膜へと流れ込んでくるのは、水の中をたゆたうようなノイズ混じりの優しい音。ローファイ・ヒップホップに心を委ねていると、ゆっくりと集中力が戻ってくる。

よし、と気合いを入れて、私は携帯のタイマーを二十五分にセットする。

ゆっくりと目の前のノートに焦点を合わせていく。水底に沈んでいくように、自分にまとわりつく雑念を切り捨てていった。

耳許《みみもと》で鳴り響いていた音楽さえ次第に遠ざかり……。

問いの7を解いたところで、ピピピと鳴り響く電子音に集中を壊されて、思い切り大きな息を吐いた。よし。休憩。私はタイマーを五分にセットして、強張《こわば》っていた体から力を抜いた。

これは最近になって新しく始めた集中法。ポモドーロ・テクニック。二十五分程度の集中と、五分程度の休憩を何回か繰り返すっていうもの。

最初は、集中時間が短いんじゃない？　何もできないんじゃない？　って思ったけれど、やってみると、これくらいの時間でも問題なく作業に没頭できる。

人間は〆切《しめきり》を設定されて初めてそこへ向けて全力を出せるという。二十五分という極めて短い〆切を設定し、何度も繰り返すことで常に〆切間際の追い込まれた脳の状態で作業に取り組めるというからくりらしい。

もちろん集中時間なんて個人差もあるんだろうけど、私は今のところこれでうまくいっている。今度、浅村くんにも教えてあげようと思う。でも浅村くんは、また自分の差し出せる対価が見合わなくなる、とか、もしかしたら言い出すかも。

もう1セット繰り返したところでそろそろ夕飯の準備が必要な時間になってきた。

勉強の手を止めると小さな英単語帳だけを手に、キッチンへ。

今日は夕飯時に家にいる予定なのは、私以外にはお義父《とう》さんだけ。浅村《あさむら》くんは予備校で遅くに帰ってからだし、お母さんのもいらない日だ。

今夜はご飯に味噌汁《みそしる》、照り焼きチキン。手間もかからないのですぐできる。

ちょうど夕飯の準備ができた頃に玄関のドアが開く音がした。

お義父さんが帰ってきた。

「ただいま。おや、良いにおいだね」

「照り焼きチキンです。いまなら出来立てですけど、すぐに食べますか？」

「そうだねえ。それじゃあお願いしちゃおうかな」

「はい」

お義父さんが自室に引っ込み着替えている間に、私は配膳の準備を済ませてふたりぶんの料理を食卓に運んだ。

そして、父と娘、ふたりの食事の時間になる。

母が再婚してから何度かこういうときがあった。母も浅村くんも家にいなくて、お義父さんと私だけというシチュエーション。本当の父のこともあったから、最初はひどく緊張していた。たぶん、態度にもとげを隠しきれていなかったと思う。

年頃の女の子がとつぜん娘になったのだから、距離感を測るのにはきっと苦労したはずだ。それは、浅村くんとはまた違った、コミュニケーションのたどたどしさから察せられた。母から昔の家庭環境の話を聞かされていたのかもしれない。

私を傷つけないように、怖がらせないように、細心の注意を払ってくれていたのを覚えている。

いまのところは何も問題なく過ごせている。私も、お義父さんには浅村くんと同じように感謝している。

ただ正直に言えば、やはり大人の男性という部分で、無条件の信頼を寄せる心持ちにはなれない自分もいた。

お義父さんに悪いところがあるわけじゃない。ただただ幼い日の記憶のせいで生じる、反射反応のようなものだった。

ハロウィンの季節が近づいているのも、小さい頃の自分の記憶が思い起こされやすかったのかもしれない。

いつもは振らない話題を、自然と口に出していた。

「お義父さんは、お母さんのどういうところが嫌いですか？」

「えっ!?　……ごほっ、ごほっ！」

意識の外からの問いだったんだろう。お義父さんはむせて口から照り焼きチキンの欠片《かけら》をこぼした。

落ちた先が皿の上でよかった。

「とつぜんだね。しかも嫌いなところ、ときた。ふつうは逆じゃない？」

「好きなところがたくさんあるだろうなっていうのは、いつものふたりを見てたらわかるので」

微笑をまじえてそうフォローしつつ、私は続きを話した。

「結婚って、好きなところだけ見てたら続かないと思うんです。人間、一緒にいたら必ず相手の気に入らない部分も出てくるだろうなって。……一緒に暮らすようになって数か月、そろそろ何かあるんじゃないかと」

「ふむ。なるほどねぇ」

お義父《とう》さんがティッシュで口元を拭いながらしばし考え込む。

ちょっと緊張した。

踏み込んだ質問すぎたかもしれない、と。

でも私がいまの両親に望むのは、以前とは違う幸せな結婚生活だ。母への不満を募らせた本当の父親と同じ轍《てつ》を踏まれるのは絶対に御免で、もしここですこしでもお義父さんのことを知れれば、あらかじめ悲劇を避けられるかも。

「嫌いっていうほどじゃないけど、あえて不満のようなものを言うなら、そうだなぁ……。しっかりしているようでいて、ふだんはわりとだらしないところとか」

「たしかに、そういうところありますよね」

「僕がちょっと悠太《ゆうた》に厳しくすると、あとでこっそり叱ってくるところとか」

「へえ」

意外だった。

浅村《あさむら》くんの教育について、両親で話し合う姿なんて想像したこともなかった。

きっと私についても、そういう話をしてるんだろうな。

「あとは、仕事の愚痴がちょっと長い」

「えっ。お母さんって、愚痴とか言うんですか」

「たまーに、だけどね。でもいざ始まると一回が長くって」

「知らなかった……」

ずっと一緒に暮らしてきたのに。どうしてそういう一面を私には見せてくれなかったんだろう。

「職場がお高めの、お酒を提供してるお店だからね。お客さんへの愚痴の内容も、エグめのものが多いから、沙季《さき》ちゃんには聞かせたくないんだと思う。僕と暮らす前は、職場の人に聞いてもらうことが多かったみたい」

ああ、帰りが特別遅くなる日があるのは、そういうことだったのか。

実父が不信感を募らせていた理由のひとつは、母の帰宅時間がバラバラだったことらしい。それで、浮気を疑っていたのだという。

でも実際には、実父がもっと母の精神の疲れを受け止めることができていれば、職場で愚痴を言う必要もなく、帰りの時間は安定していたんだろう。卵が先か鶏《とり》が先か、いまとなっては確かめようもないけれど。

「あのっ……もし母の愚痴が嫌なら、私に投げてくださいっ。私が聞きますからっ」

思わず前のめりで、私はそう言っていた。

いまはまだ些細《ささい》な不満が膨らんだ先にあるのがあの不幸だとしたら、ここでせき止めておかなければいけない気がした。

お義父《とう》さんは私の顔をしばらくぽかんと見つめたあと、くすり、と優しく微笑《ほほえ》んだ。

「あはは、大丈夫だよ。心配しないで、沙季《さき》ちゃん」

「でも……」

「あのね、たしかに亜季子《あきこ》さんにも駄目なところがあるよ。だけど僕の駄目さに比べたら可愛《かわい》いものだから」

「えっ？」

「だらしなさでは負ける気しないし、沙季ちゃんが亜季子さんに叱られてたらもっと優しくしなよと口出しせずにいられないし、愚痴もバンバン言うからねえ。お互い様だよねえと思ったら、悪いところを責める気になんてなれないよ」

朗らかに言い切ったその目は浅村《あさむら》くんに似て優しくて、混じりっ気のない本音なんだと確信できる。

「それにね。僕も、亜季子さんも、前に、いろいろあったからこそだと思うんだけどね」

「……はい」

「嫌なところも併せ飲めるからこその結婚生活だって、そう考えてるんだ」

「嫌なところも……」

目が覚めるような思いだった。

本当に、この人になら安心して母を任せてもいいのかもしれない。

そして、母だけじゃなくて。

「たとえば、ですけど。私や兄さんが、とんでもない不良になっちゃったとしても？　悪いところを飲んだ上で、家族になれますか？」

「もちろん」

即答だった。

「……って、なんだい。不良に憧れるようになっちゃったのかい？」

「あっ、いえ、ぜんぜん。ものたとえです」

「法を犯しさえしなければ……いや、違うな。たとえ法を犯しても、もちろん真っ当に罰を受けさせるのは大前提として、家族であることを否定したりはしないよ。絶対にね」

「そう、なんですね」

——私、浅村《あさむら》くんのことを好きみたいなんです。妹としてではなく、たぶん、ひとりの男性として。

その決定的な言葉はさすがに口に出せなかったけれど、もし仮に言ってしまったとして、お義父《とう》さんなら快く受け入れてくれるんじゃないかと思えた。

あの日のように抱きしめ合ったり、池袋《いけぶくろ》で見かけたカップルのように……いや、さすがに人前ではいやだけれど、ふたりきりのときに、キスをしたり。そういった、あたりまえの男女の触れ合いを浅村くんとしてみたいという悪魔のささやきに、身を委ねてみてもいいんだろうか。

……なんて、思考が飛躍しすぎてる。論理が破綻してる。

私とお義父さんの会話は、どちらからともなく無言になって、有耶無耶《うやむや》のまま終了した。

気づけばもう浅村くんとの待ち合わせ時間が迫っていた。

「買い出しをしてきます」

「今から行くのかい？　もう遅い時間だけど」

「だいじょうぶです。兄さんと待ち合わせていますから」

「とはいえさすがにこんな時間に、女の子ひとりで外へ行かせるのは……」

「繁華街を迂回《うかい》して、比較的治安の悪い通りを避けて行くので。だいじょうぶ、お母さんとふたりのときは、閉店間際のセール品狙いでひとりで買い物に出かけたりとかよくしてたんで」

「うーん、ならいいけど」

納得してはいないみたいだったけれど、どうにか外出を許してもらえた。

ごめんなさいお義父《とう》さん。やっぱりやめておこうという気にはどうしてもなれませんでした。

話をしていたら、ますます浅村《あさむら》くんに会いたくなってしまったから。

私は20時ちょうどに家を出た。


予備校の建物まで辿《たど》りつき、時刻を確認。授業の終了を見計らって送信する。

『予備校の前に着いた』

街灯の柱に背中を預けて、私は携帯をネットに繋《つな》げる。

WEB上にある受験のための教材を読みながら、チラチラと予備校の入口へと視線を向けていた。

たまたま視線を向けたときに、すごく背の高い女子が出てきた。

目を奪われてしまう。なんというスタイルの良さ。モデルみたい。腰の位置も高い。

無意識に視線が彼女の全身を追ってしまった。

体の線の隠れるニットのセーターに、腰から下はスカートではなくスキニージーンズを穿《は》いていた。あえて地味な恰好《かっこう》をしているんじゃないか。そう思ったのは、トップスが着まわすこと前提の服だったことと、上から羽織っているパーカーの色がしっかりトレンドを意識しているものだったからだ。

あれでもし生足を出すファッションにしていたら男子の目は釘付《くぎづ》けだろうな。

「いやいや、そんな目で見るのは失礼でしょ」

小さな声で自分で自分に突っ込みを入れた。

はあと息をついてからふたたび携帯に目を落とそうとして、視線を入口へと引き戻す。

建物の明かりの中に出てくる黒いシルエットに見覚えがあった。

浅村くんだ。

明かりの中に出てきた顔を見て、間違いなかったことに妙にほっとしてしまった。

そのままマンションまでの帰り道にあるスーパーへ。

買い物しながらも気づくのは、浅村くんのフラットさで、それは誰に対しても向けられる優しさだった。

彼自身は自覚はしていないみたいだけれど。棚の高いところにある粒胡椒《こしょう》を、先に背伸びして「これ？」と訊《き》いて取ってくれたり、試食のおばさんとの会話でも決して居丈高な態度を取ったりしない。

偏見や先入観で他人への態度を変えないようにしよう。それは私も思っていることだけれど、私は浅村《あさむら》くんほど他人に対して愛想を振りまけない。親密そうな雰囲気を醸し出すことが苦手というか……。

父親の粗暴な態度を見てきたからだろうか。

あれよりはマシ、で私は止まっている気もする。

買い物を済ませ、渋谷《しぶや》のセンター街を通り抜けたとき、まだハロウィンは始まってもいないというのに、すでに仮装をして歩いているひとたちが大勢いた。

肩の触れ合いそうな道を歩いていると、人混みに酔いそうで、改めて他人との距離を縮められない自分の性格を実感してしまう。

顔を赤らめ千鳥足で歩くひとたちも多くて、かすめて通るだけでお酒の匂いが鼻をつく。よろけてきた男のひとにぶつかりそうになったとき、浅村くんが間に割り込んで盾になってくれた。

そっとそのまま人混みの少ないほうへと進路を変えてくれる。

買い物した荷物を籠にのせて自転車を押して歩く浅村くんを横目で眺めながら、私は思う。

こういうときに、手を繋《つな》ぎたいと感じたとして、素直に口に出してもいいんだろうか。

もう一歩、踏み出しきれなかったのは、彼の手が自転車のハンドルをしっかり握りしめていて、空いている手がなかったからだ。

幸か不幸か、どっちだろう。


帰宅すると、夜の9時を回っていた。

出来上がっていたおかずを浅村《あさむら》くんのために温め直す。

予備校で疲れているんだから何もやらなくていいのに、浅村くんは率先してお義父《とう》さんと私が食べた後の皿洗いをやっていた。

「置いといてくれたらやったのに」

「いやいや全部引き受けすぎでしょ。こっちは返せるものが少ないんだし、これくらいはね」

そう言われて、私は自然とこう返していた。

「返せるものがない、ね。……ぜんぜん、そんなことないのに」

いつもなら言わなかった。

私に何も言わずに行動してるってことは、浅村くんはきっと、いまの時点で恩着せがましくしたくなかったんだと思う。本当に私を助けられるようになったら、そのとき初めて種を明かすつもりでいたんだろう。

言わぬが花。

もしかしたら浅村くんのプライドを傷つけてしまうひと言かもしれない。だけど、もう一歩だけ踏み込んで、嫌われてしまうかもしれないけれど、自分の本音というものをぶつけてみたかった。

「ないよ。私が気づいてないと思った？　浅村くん、家計を支えられるようになるために頑張ってるでしょ」

「えっ」

「いま紹介できる高額バイトがなかったから。せめていつでも私や家族を助けられるように……予備校を増やしたのも、先行投資とのバランスを考えた上で決めてるよね。授業料を払っても利益が出るように」

「すごいな……なんでもお見通しだ」

「予備校を増やした時期とか考えたら、それはね。それに――」

緊張で喉がかわいた。

味噌汁《みそしる》を温め直していたのにかこつけて、温度を確かめるふりをして味噌汁を一滴口につける。まだちょっとぬるかった。

さあ、言おう。

私の素直な想《おも》いを、もうすこしだけ露《あら》わにしてみよう。

「浅村くんのこと、考えてるから。そういうの、気づけちゃうんだよね」

急に汗が噴き出してきたのは、電子レンジとコンロのせいだろうか。

あの日、彼の体を抱きしめたときに感じて以来の感覚だった。

あれ以来、私は好意を露骨に口にすることもなかったし、触れ合いたいとアピールすることもなかった。

彼に私の望みを押しつけるのがいやで、彼が本当に求めているときでなければそういう想《おも》いを口にするのはやめておこうと思っていた。

特別に仲のいい兄妹《きょうだい》という曖昧な関係は、あまりにも参考になる男女の型がなさすぎて、いつ、どこで、どこまで踏み込んでいいのか、わからなかったから。

ちらりと浅村《あさむら》くんの顔をうかがう。一心不乱に皿を洗っている。もしかして聴こえなかった？

だとしたら、恥ずかしいセリフを思いきりすかしたことになる。

途端に照れが血と一緒に頭にのぼってきて、私は顔をそむけた。視界いっぱいの白い壁が妙に落ち着く。

どうしよう、もういちど踏み込むべきだろうか。すぐに振り向き彼の手を握って、触れ合いたいと話すべきだろうか。

そう考え始めたとき、ドアが開く音が聴こえた。

続けてお義父《とう》さんの眠たげなあくびが聴こえて、私は背筋を伸ばしてしまう。

——だめだ。さすがに家の中で堂々と浅村くんと触れ合うのは、良くない。お義父さんがいくらいい人だからって、物事には順序がある。

お義父さんはダイニングに顔を出してから洗面所へと消えた。ついでに、温め直したばかりのチキンの欠片《かけら》を素早くひとつ盗み食いしていった。

あれ、さっきも食べたのに？

そう思ったけれど、美味《うま》い、とニコニコした顔を見せてくれたとき、私は気づいた。

あっ、そうか。お義父さん、心配してたんだ。

深夜に娘を外出させることに最後まで納得していない様子だった。きっと私が浅村くんと一緒に帰るまで、寝ずに待っていたんだろう。こうして私の顔を見て、ようやく安心して眠れるんだと思う。

私のわがままの代償は、チキン一個。しかも浅村くんのやつ。

ごめん、浅村くん。ごめんなさい、お義父さん。

でもこうして私のことを心配しながらも、さりげないお咎《とが》めで受け入れてくれている姿には安心させられる。

浅村くんとの関係にも、勇気が持てる。

そんな気がした。

●10月30日（金曜日）　浅村悠太《あさむらゆうた》

明日は休日でさらにちょうどハロウィンだった。

イベントを控えて昼休みの教室はみんなすこしだけテンションが高い。

お祭りは前夜祭が最高だというひともいるし、永遠に文化祭の前日が続くアニメもあった。だからだろうか、クラスメイトたちがいつも以上に浮かれている気がする。

気持ちはわからないでもない。

当日になると、お祭りの終わりが見えてしまうし。

それでも、まさかクラスメイトたちがハロウィンに対してここまで浮かれるとは思っていなかった。

どんな仮装をする？　どこに遊びに行く？　みたいな会話が飛び交っている。

ただそんな教室の中、俺の机の周囲30㎝以内ぐらいは異質だった。

「悠太、ちょっといいかな」

「えっと……どうかした？　ただならぬ雰囲気だけど」

教室にやってきた新庄《しんじょう》が真面目な顔で声をかけてきた。いつもとはあまりにも違う様子だったから、すこしだけいやな予感がした。

「ちょっとふたりで話したい。ベランダ、出ないか？」

「俺と？」

「そう、悠太と」

「待て待て新庄。おまえ、良からぬこと話そうとしてないだろうな」

「してない。真面目な話だから。頼むよ、友和《ともかず》」

「ふん。……まあ、浅村がいいなら、いいがな」

「俺はいいよ。行こうか、新庄」

席を立って、先にベランダへ向かった。後ろから新庄がついてくる。

寒い季節のせいか昼休みにベランダに出ている生徒はほぼいなかった。眼下で楽しげにはしゃぐ生徒の姿が見えるくらいで、開放的な場所なのに、内緒話にここまで適した場所もないと思えるから不思議だった。

「実はさ」

新庄が切り出した。

「クラスのハロウィンパーティーのあと、綾瀬《あやせ》とふたりで二次会に行きたいと思うんだ」

「……へえ、そうなんだ」

当日はバイトがあるからその会には参加できないだろうけれど、あえて知らないフリをした。どこでどんなアルバイトをしているかなど、そのあたりの事情をみだりに広めたりはしたくなかった。

「だけどその前にひとつだけ確認しておきたいことがあるんだ」

「確認？」

「悠太《ゆうた》、綾瀬《あやせ》のこと好きだよな？」

えっ。と、その戸惑いが口から出たかどうか自分でも定かじゃなかった。

眼下ではしゃぐ生徒の声も遠のいて、音が消えてしまったかのように感じる。

手すりを握る新庄《しんじょう》の手が視界に入る。手首の血管の浮き方で、強く握りしめているのがわかった。彼もひどく緊張しているらしかった。彼のその必死ささえ感じる態度が、俺には意外だった。

俺の目から見た新庄圭介《けいすけ》という男子はとてもスマートで、ありていに言えばモテる男子だ。女子へのアプローチも常に自信にあふれていて、ひとりの相手に固執しないものと思っていた。

打算含みで俺と友達になる、という軽はずみな行為も、新庄にとっては何ら特別でない遊びの範疇《はんちゅう》だからこその距離感なんだろうと、心の中で勝手に決めつけていた。

けれど新庄の目はまっすぐで、すこしもぶれることなく俺の目を見ている。

茶化《ちゃか》す気も、騙《だま》す気もない眼差《まなざ》しだ。

「兄妹《きょうだい》として？」

「わかってるだろ。そんな話をしてないってことぐらい。おまえなら」

「その質問に答えたら、新庄はどうするつもりなんだ？」

「それは答え次第だ」

引き下がる気はないらしく、逃げられる気がしない。

俺はどう答えればいいかわからなかった。だってそうだろう、お互いを好きな気持ちが恋人に対するものか、それ以外の家族愛のような何かなのか、俺と綾瀬さんはハッキリと定義できていないのだから。

自分でも曖昧な概念を、他人に説明できるはずもない。恋人だとか、兄妹だとか、そういうわかりやすいタグがいかに便利か思い知らされる気分だ。

綾瀬さんが好きだ、と、俺はいまここで新庄に胸を張って言えるだろうか？

あの日、彼女の部屋で抱きしめ合ったとき、定義された俺たちの関係は……あくまでも特別に仲のいい兄妹でしかない。

新庄とその妹の関係と、何ら変わるものじゃないはずだ。それなのに、あたかも恋人であるかのような顔で、彼女への好意を口にしていいのだろうか。

……本当に、そうか？

ふと、回転していた思考が停《と》まる。

綾瀬さんがどう考えているのかは、わからない。だけど、俺はどうなんだろう。

仮に、たとえば、だ。

新庄《しんじょう》に綾瀬《あやせ》さんのことを好きなままでいさせるのを、俺は望むのか？　自由にデートに誘おうとする行為を見過ごしたいと思うのか？

俺が、綾瀬さんを好きかどうか。その問いかけは、もしかしたら新庄なりの俺への気遣いなのかもしれない。

既存の概念で説明できない曖昧な関係は、俺と綾瀬さんのふたりだけで世界が回るならいくらでも維持していける。

だけどこうして他人が絡めば、曖昧な定義は許されず、ありきたりな、共通言語で表現できる定義を求められる。

正直、俺の感じている、彼女を好きだという感情が妹に対してのものか、恋人に対してのものか、断定できる証拠は何もないけれど。嘘《うそ》でもいいからどちらかに定義してくれと言われたら、こっちでいい、と思える答えはある。

「新庄。答えてもいいけど、ひとつ約束してほしい」

「約束？」

「これはあくまで俺だけの答えで、綾瀬さんの答えは含まない。俺と綾瀬さんの関係性を定義するものじゃないから、早とちりはしないでほしい」

「あ、ああ……よくわからないけど、わかった」

たとえいま俺や綾瀬さんが抱いているものが恋愛感情だとしても、それを大々的に公表することはあり得ない。あくまでも兄妹《きょうだい》。恋人じゃない。そう主張し続けるしかないし、そもそも綾瀬さんは俺を彼氏として認定しているわけじゃないのだ。いま、この時点では。

けれど、俺の判断で言えることもある。

「ただ、少なくとも――」

何らかの定義を見せつけなければ綾瀬さんをあきらめられないというなら、自分の感情がそれだと断言することに、ためらいはなかった。

「――俺は、綾瀬さんのことが好きだ。この答えで、満足してくれるとうれしい」

言葉にしてから、遅れて納得がやってきた。

新庄にあきらめてほしい。それこそが偽らざる自分の気持ちだ。新庄に対して、こんなふうに思っている時点で、俺の心の深い部分は、綾瀬さんとのもう一歩踏み込んだ関係を望んでいるのはあきらかだった。

どんな顔をされるんだろう、と、新庄の顔をうかがってみる。これまでの人生で恋敵と向き合った経験なんてないから、こういうときにどんな態度を取られるのか予想もつかなかった。

怒られるのか、悲しまれるのか、拗《す》ねられるのか――いろいろな想像が瞬時に頭の中を駆け巡ったけれど、答えはいずれでもなかった。

「そっか」

ニュートラルな表情だった。

声にこもっている感情も、最初から答えを知っていた問題の模範解答を見たときのようなあっさりとしたもので、平淡だった。

「ありがとな、悠太《ゆうた》。答えてくれて」

「うん」

「それじゃ、また」

「うん。また」

新庄《しんじょう》は大きく体を伸ばすと、くるりと背を向けて歩き出す。

自分のクラスへと去っていく彼の背中を見送ったあと、俺はまたベランダの外へ目をやった。

俺の答えを聞いて新庄が何を思ったのか、行動にどんな変化があるのかは本人じゃない俺にはわからない。

でも彼の口にした、ありがとな、という言葉は心の芯の部分から漏れたものに思えて。

きっと悪いようにはならないんじゃないかと、楽観的な気持ちになれた。

あるいは、こう考えるのはさすがに調子に乗りすぎているだろうか？

綾瀬《あやせ》さんを好きな気持ちを口に出せたことで、強くなれた気がして自信がついた……と。

教室に戻ると丸《まる》が教科書に落としていた目をあげて、心配そうに訊《き》いてきた。

「何の話をしてたんだ？」

「ちょっとした相談事。詳しくは言えないけど、解決したみたいだよ」

「ふむ……。まあ、ならいいか」

丸は不審げな表情をしたものの、それ以上は追及してこなかった。

教室内の幾つかのグループの会話が聞こえてきた。明日は渋谷《しぶや》に集まってパーティーをしようなどと言っている。

俺は話を逸《そ》らすために丸に尋ねる。

「で、丸は何か予定を入れてるの？」

「ハロウィンの、という意味か？」

「そうそう」

「んなパリピの集まりなんぞには行かん」

そう丸は言ったものの、じゃあ予定は無しなのかと問えば、カラオケの集まりには呼ばれているらしかった。

「浅村《あさむら》も来るか？」

「俺はバイトが入ってるから残念だけど付き合えない」

そうか、と丸は言って、無理に誘って来なかった。

あまり友人などいたためしのない俺が丸《まる》とずっと付き合えているのは、こういう踏み込み過ぎてこない性格のおかげなんだろうな。

新庄《しんじょう》は一気に踏み込んできたけれど、それでもどうにかなったのはすこしは俺も成長しているってことなんだろうか。

それにしても……。

クラスメイトたちの予想もしていなかった盛り上がりを見ると、ハロウィンの日は学校の人間もかなり渋谷《しぶや》に集結しそうだ。なのに俺も綾瀬《あやせ》さんも今日と明日、駅近の書店でのバイトが入っている。

新庄に自分の恋愛感情を明かしたばかりで今更かもしれないが、あの調子ならおそらく言いふらされることはないだろう。

それ以外の場所で、不用意に変な噂《うわさ》をされるのは面倒だ。なるべくなら、クラスメイトたちには見つかりたくない。

例年の人混みを考えると、他人の顔なんていちいち確認できるような状態ではないとは思う。けれどバイトの終わる時刻を考えると、綾瀬さんを送るためにふたりで帰ることになるだろう。つまり渋谷の街中を並んで歩くことになるわけだ。

他人から見たらどう映るのか。

帰り道は気をつけたほうがいいのかもしれない。

放課後、いちど帰宅してから徒歩でバイト先へと向かう。駅前の混雑を考えたら、自転車を使う気にはなれなかった。

渋谷の駅に近づくにつれて、通りを歩く人々のなかに、おかしな恰好《かっこう》をして歩いているひとが増えているのに気づいた。

黒いゴシックドレスを着て箒《ほうき》を抱えている魔女がいる。

頭に斧《おの》が刺さっているゾンビがいる。

ごくふつうの女性のふたり連れだと思ったら、どちらとも、頬《ほお》にキズアトシールを貼り、口から血が溢《あふ》れているようなメイクをしていたり。

……ハロウィンは明日なんだけどね。

そもそも、『万聖節《ばんせいせつ》の宵祭り』ということは、ハロウィンそのものがイブである。なのに、そのさらに前日からすでにお祭りが始まっているのはおかしいのでは？

風習というのは発祥の地を越えて伝播《でんぱ》するときに元のかたちから歪《ゆが》むものではある。よくあること。でも、実際に遭遇すれば驚かされてしまうわけで。まるで渋谷の街そのものが巨大なお化け屋敷になってしまったかのよう。

欠けた月の昇る空の下はすでに百鬼夜行の体をなしていた。

バイト先の書店に着いて、店内に入ったとたんに俺は覚悟した。

通りで見かけたような愉快な恰好《かっこう》をした人々が、お客様として店のなかを徘徊《はいかい》している。

前日からもうこれか。

それどころか、制服に着替えた俺に店長自らが妙な形の帽子を手渡してきた。

「はい。浅村《あさむら》くん、これ君のぶん」

「これ……なんですか？」

「帽子だけど」

それは頭のてっぺんから剥《む》いたバナナのようにカラフルな房が垂れ下がっている、いわゆる『道化の帽子《ジェスターキャップ》』だった。

「これ……被《かぶ》るんですか？」

「そうそう。ハロウィンだからね。今日と明日はお願いするよ。これもサービスだ」

サービス——になるのかな。

見れば、店長を始めとしてバイトも正社員もみなが同じように同じ帽子を被っていて、シュールな姿になっていた。

……この二日間にシフトを入れてしまったこと自体が間違いだったか。

観念して帽子を被り、俺はバックヤードへと向かう。

土曜日と日曜日は新刊の入荷がない。ということは、金曜日には大量の本が入ってくるわけであり、幾ら棚を空けてあっても全部をいっぺんには並べられない。とくに分厚い雑誌は高く積み上げるわけにもいかないから、ちょっとずつ小出しにして並べていくしかない。

売れて減ったら並べる、の繰り返しになるわけだ。

「いま、入りましたー！」

声を掛けながら在庫を置いてある倉庫に入る。

「おっそいぞう、後輩君」

「先に入ってました。浅村く――さん」

「ああ、ふたりとも、もう入ってたんですね。お疲れさまです」

倉庫でカートにのせた段ボール箱に本を詰め込んでいたのは、読売《よみうり》先輩と綾瀬《あやせ》さんだった。俺よりも幾らか早めに店に辿《たど》りついたようだ。

綾瀬さんの顔を見て、一瞬どきりとしてしまう。昼休みに新庄《しんじょう》と交わした会話を思い出して、ほんのりと顔が熱くなってきた。

一度は自分の中で綾瀬さんを恋人の側に振り切った存在として定義してしまったのだ。今更になって、大それたことをしたなと反省の念が襲ってきた。

「後輩君、遅刻だよ、遅刻ぅ！」

「えっ」

そんなはずは。

「まだ五分前です。だいじょうぶだから、浅村《あさむら》さん」

「ああ。驚いた」

倉庫内の時計で一応確認する。綾瀬《あやせ》さんの言う通りだった。読売《よみうり》先輩のいつもの冗談だったか。

屈《かが》みこんで新刊雑誌を詰め込んでいた読売先輩が、うーんと言いながら手を上に突きあげ、腰を伸ばして立ちあがる。

重労働した後みたいだが、シフトの時間からいっても、まだ始めたばかりのはずだ。

「早くも疲れてしまいましたか、先輩」

「がーん。沙季《さき》ちゃん、後輩君が年寄り扱いしてくるよぅ」

「でも、もう疲れたって確かにさっき言ってたような」

「う、裏切られた……。えーんえーん、えんえんええん！　ひどい。沙季ちゃんはどっちの味方なのかなぁ!?」

「その恰好《かっこう》で泣きまねされても」

綾瀬さんに突っ込まれた。

それは本当にそう。道化の帽子を揺らしながら目の下に指を当てて泣いていても、道化のパフォーマンスにしか見えない。

「すっかりバイトに馴染《なじ》んだね、沙季ちゃんっ。そうかそうか。じゃあ、別の攻撃手段が必要かぁ」

「そもそも攻撃をしないという選択肢は」

「ない。つまんないでしょっこい！」

どこの方言ともわからない謎の言葉を叫び、読売先輩はくるりと綾瀬さんに背中を向けた。そして俺のほうに向かって歩いてくる。

両手を前に突き出し、指をわきわきさせながら言う。

「ふっふー！　後輩君、トリック・オア・トリート！　お菓子をくれなきゃ、いたずらしちゃうぞ！」

言いながら、ゾンビのように手を前に突き出したまま迫ってくる。

わきわきわきわき。

「ハロウィンは明日なんですが」

「あまい！　お祭りというものはひっそりと前日から気づかぬうちにあなたのもとへ忍び寄ってくるものなのだよ。さあ、お菓子をめぐんでちょ～だい」

「単なる要求になってませんかそれ。それと、そんなゾンビみたいに忍び寄ってこられるお祭りはイヤです」

「ええい、まだ逆らうか！」

ふたたびくるりと向きを変えると、読売《よみうり》先輩は背後から綾瀬《あやせ》さんに抱き着いた。

「ほれ！　人質だよ～。お菓子をくれなきゃ、妹ちゃんにいたずらしちゃうぞ」

「えっ、ちょっと。あの。って、く、くすぐったい……」

「ふっふっふ。お菓子をくれない悪い子はどこだ～」

読売先輩。ナマハゲと混ざってませんか、それ。

「ストップ、先輩。ほんとにパワハラ案件に引っかかりそうなのでコンプライアンス的にストップです。わかりました。お菓子をあげればいいんですよね」

言ったとたんにぴたりと行動をやめる。

なんて現金な。

「よしよし。後輩君。かわいい妹ちゃんに会うときは、お兄ちゃんならば飴玉《あめだま》のひとつやふたつ常にポケットに準備しておくのだよ？」

そんな兄はどこにも存在しないだろうに。

俺と綾瀬さんが義理の兄妹《きょうだい》になったことを知っている読売先輩は事あるごとにこうしてからかってくる。

いいんだけど。お菓子、お菓子なぁ……。

「わかりました。明日はなにか用意してきますから」

「おっ、約束だよ！　約束をやぶったら……」

綾瀬《あやせ》さんを解き放った読売《よみうり》先輩はふたたび俺に向かって両手をわきわきさせながら言う。

「今日はこれでもジャブみたいなものだからね。明日はもっとすごいよ〜」

「はいはい」

時計の針がそのときちょうどシフト勤務の開始時刻を指した。

「あ、時間だ。休憩タイムは終わり！　後輩君、沙季《さき》ちゃん！　ほらほら、ちゃんと仕事しなきゃ！」

「いちばん仕事してなかったのは先輩なんですが……」

それでもさすがに仕事を始めると、俺や綾瀬さんよりも長く勤めているだけあって手際はいい。しかも、事前に平台の状態を確認しておいたらしく、「これはだいぶ減ってたからもう二冊追加で」とてきぱきと雑誌を詰めていく。

何度かバックヤードと売場を往復して棚の補充を済ませると、俺たち三人は短い休憩を取った。

事務所の無料のお茶を飲みながら四方山話《よもやまばなし》をしているうちに、話題は自然と明日のハロウィンの過ごし方に移る。

休日だから本来ならば一日中騒げるわけだ。俺たち三人はバイトの前後しか遊べないけれど。

聞けば、読売先輩は明日はバイトが終わった後で大学の友達と仮装して渋谷《しぶや》を練り歩くらしい。そのあとは徹夜でカラオケだと言っていた。さすが大学生は堂々と夜遊びする。しかも、指導を受けている准教授の先生までそこに参加するとか。

ハロウィン特有の若者のハメ外しっぷりをナマで見たいらしい。

「『これは学術調査だよ、読売クン』って言ってたけど。センセの場合はただ自分も遊びたいだけの気もするんだよね～」

「もしかして、それってあの先生ですか？」

綾瀬さんが何かに気づいたような表情で尋ねた。

「お見通しだね～。そそ、工藤《くどう》先生」

「あー……はい。わかります」

名前を聞いた途端に綾瀬さんがげっそりとした様子になる。それを見て読売先輩があははと苦笑した。

「よっぽど懲りたみたいだねぇ」

「大学の先生って、みんなあんな感じなんですか？」

「んー？　工藤センセは例外だと思うよ～。常人の理解の範囲を越えた行動をすることで有名だし。学部一の才媛にして悪魔のように頭が切れるって人だからね」

「まあ、天使のように賢い、と言われないだろうことは理解できます」

傍《はた》から聞いているだけでもとんでもない先生だな。

……あれ？　というか、それって。

「もしかして、その人って以前に読売《よみうり》先輩たちとお茶をしていた人ですか。パンケーキのお店で」

「そっか。後輩君は盗み聞きしてたんだっけ」

人聞きの悪いことを言わないでほしい。たまたま通りかかったら聞こえてしまっただけですって。

「まあ、何にせよ、ほどほどにしてくれないと我が校への進学志望者が減ってしまいそうではあるかな～」

ため息をつくように読売先輩が言った。ところがそれを聞いた綾瀬《あやせ》さんは不思議なことにぼそりとこうつぶやいたのだ。

「そんなこともない、かな」

綾瀬さんの言葉はささやくようだったから読売先輩に聞こえたかどうかはわからない。

「ほんと、困っちゃう先生なんだよねぇ」

言いながらも、読売先輩はにこにこと微笑《ほほえ》んでいたのだった。

●10月30日（金曜日） 綾瀬沙季《さき》

朝から教室のなかは浮ついていた。

私の耳に聞こえてくるのは、ハロウィンの予定を話し合う声たちだ。

どんな仮装をする？ みたいな会話が飛び交っている。渋谷《しぶや》にハロウィンパーティーをするために集まる相談とか。

私の隣には真綾《まあや》と彼女と仲の良いクラスメイトたちが集まっていた。彼らも明日は集まって仮装パーティーをするらしい。

「でも、沙季。ホントにこないの？」

真綾が念のため、という感じで訊《き》いてくる。

「ちょっと、予定がね」

仕事の先約が入っているのだからしかたない。

バイトという単語はいちおう伏せておいた。渋谷に集まる生徒も多そうだから、細かく追及されるとバイト先を特定されそう。

それに私はそもそも浮ついた空気感があまり得意じゃない。

でも——。

いまの私は考える。そう、確かに親しい者同士であるならば共にイベントの日を過ごすのは楽しいのかもしれない。親しい同士……私も浅村《あさむら》くんとだったらいっしょに仮装して、いっしょに街を歩くのも良いって思えるかも。

得意じゃなくても。

浅村くんとの時間を――思い出を。

大切にしたい。


放課後。バイトのために渋谷《しぶや》の駅前まで出た。

陽《ひ》はとうに西へと傾き、夕暮れを越えて空が蒼《あお》くなっている。

渋谷109の影が長く長く伸びて通りを越えて私の足元まで落ちていた。

ビルの隙間から見える東の空は、そろそろ夜の色に染まり、頬《ほお》を撫《な》でる風には枯れ葉の匂いが混じっていた。吐く息が白くなるのももうすぐだ。

店に入ると、すでにバイト先の先輩である読売栞《よみうりしおり》さんが、本棚の森の中をうろうろとうろついているのに気づいた。

目が合って軽く頭を下げる。

そのまま女子用の更衣室へ。

「おはよう！　沙季《さき》ちゃん」

後を追うようにして読売先輩が入ってきて声を掛けてきた。

「……こんにちは」

なぜかこの先輩、いつでも朝のような挨拶をしてくる。もう夜になろうという時間なのだけれど。

もっとも私たちがどんな挨拶を返しても気にしてないから単なる癖なのかもしれない。

「沙季ちゃん、今日は棚の補充からやるよ〜」

「はい。わかりました」

先輩と、シフトの時間の五分前に入ってきた浅村くんとともに棚の補充に精を出した。

休憩時間になって、三人まとめて事務所に入る。

読売先輩は相変わらず浅村くんがお気に入りのようで散々いじって遊んでいた。

明日はどうやらお菓子のひとつも差し入れねばならない気配になっている。

私も浅村くんに言ってみようか。トリック・オア・トリート。いや何をらしくないことを考えているんだ。

それから明日のハロウィンの話になった。どうやら読売先輩は明日のバイトの後に大学の仲間とともに仮装して夜遊びをするらしい。大学生ムーブに浅村くんが感心している。

そこにはあの倫理学の先生も参加するようだった。

倫理学准教授の工藤英葉《くどうえいは》。

オープンキャンパスの記憶が蘇《よみがえ》り、あのときの疲れが顔に出てしまう。学部一の才媛にして悪魔のように頭が切れる人だと読売《よみうり》先輩が言った。悪魔のよう、とは、なかなかにあの先生らしい言われようだ。

はた迷惑な人だと思った。相手をしていたら、誰よりも疲れてしまう厄介な人だとも思った。そもそも私は他人と会話することがそこまで得意ではない。浅村《あさむら》くんのように肩の力を抜いて語り合える相手はそう多くはない。

「まあ、何にせよ、ほどほどにしてくれないと我が校への進学志望者が減ってしまいそうではあるかな～」

読売先輩は、からかい上手の准教授の行為をそんなふうに評した。まったくもってその通り。出会う相手に一切の手加減も遠慮会釈もなく言葉の戦いを仕掛けていたら、常識的には人は遠ざかるものだろう。しかも、その議論ときたら、まるで吹っ掛けた相手の応対を観察することが目的のような得手勝手なものなのだ。まるで人間を相手にして破壊検査にかけてるみたいだ。

もうすこし常識と遠慮というものを学んでほしい。と、私だってそう思うのだが――。

「そんなこともない、かな」

ほとんど無意識のうちに私はそんなことをつぶやいてしまっていた。

脳の回路の隅々までを活性化させて焼き切れる寸前まで頭を使った経験なんて私は人生のなかで覚えがなかった。確かに疲れたけれどその疲れは……。

倫理学者として生きているだけ。

そういう生き物として生きているだけだと開き直られれば、それはもう周りとしては受け入れるか弾《はじ》き出すかのどちらかしかないだろう。わかっていてもその生き方しか選べない工藤英葉《くどうえいは》という人間は不器用な存在なのではないか。

たぶん、私はそういう人間が嫌いじゃないんだろう。

私もそうだから。

ひと足先に休憩を終えて浅村くんが事務所を出ていく。

それを見てから、読売先輩は「ところでさ」と話を振ってきた。

「明日だけど、バイトに仮装してくる決心はついた？」

「またその話ですか？」

前回のシフトが重なったとき、この先輩ときたら、よりにもよって私にハロウィン当日に仮装してバイトに出てこないかと誘ったのだ。

「だって、ネコミミ沙季《さき》ちゃん見たいんだもん。目の保養になるから」

「なんで私が先輩の福利厚生のお手伝いをしないといけないんですか」

「いいコスプレを教えてあげるから～。なんなら、終わったあとにわたしたちとそのまま遊んでもいいんだし」

あの、私、これでもいちおうまだ高校生なんですよ？

「お酒の入るイベントに参加できるわけないですよね」

「だいじょうぶ。大学生にだって未成年はいるからノンアルも有り。工藤《くどう》先生がいるんだからその辺はわきまえてるってば」

「信用できるはずのその人物がいちばん信用ならないんですが」

そう返したら読売《よみうり》先輩は苦笑してしまった。

「工藤センセ、ちょっと沙季《さき》ちゃんで遊びすぎたよね～。でも、わたしも沙季ちゃんと遊びたいよう。ほら、化粧法とか良いコスメブランドとか教えてあげるし。興味あるでしょ？」

正直に言えば、そのひとことはわりと心が動いた。

メイクもファッションも勉強の傍《かたわ》らで学ぼうとしているけれど、根本的に高校生では実地練習が足りなすぎる。成人女性に化粧を嗜《たしな》みとして要求するなら、社会人候補生である高校生が学習できる機会をもっと増やすべき――いや、そういう難しい話ではなく。

興味はある、やっぱり。

「おっ、食いついた？」

「やりませんよ？」

「んー。ほかにも有益な意見交換会はできるんだけどねー。沙季ちゃん、ネイルサロンに行ったことある？　高校生じゃ、ひとりでエステとかも行ったことないでしょ」

「さすがにそこまでお金ないですから」

「でも、お店を覚えておいて損はないでしょ？　栄養管理士免許もってる子のダイエット食の作り方とかさ。年取ると脂肪は落ちにくくなるよ～。沙季ちゃん、脂肪フラグ立ててない？」

「……そんな会話ばっかりしてるんですか？」

「論文ばっかり読んでると、頭が煮詰まるし。ゆるめるためなら、ガールズトークのひとつやふたつするでしょ。するって」

「したことないのでわからないです」

「じゃあ、してみようよ。ほら、初体験だよ。あとは……ファッションにおける視線誘導のテクニックとか心理学的に正しい異性に好かれる服装とかも覚えておいて損はないよ。かっこいいであれ、可愛《かわい》いであれ。ね？」

「敵を知り己を知れば、みたいな？」

「そうそう」

「興味はありますが、やっぱり駄目です。親を心配させてしまうので」

「そんなこと言って、実は後輩君とデートでしょ」

「ち、ちがいます！」

　にやりと笑みを浮かべられる。

その夜。宿題を終えた私はお風呂を済ませて後は寝るだけになっていた。ベッドの上の毛布をめくりあげて体を滑り込ませると、シーツの冷たさにぶるりと体が震えた。慌てて上掛けを首元まで引っ張り上げる。

そろそろ冬用の温かい寝具に替える必要があるかも。

目覚ましの時刻を確認してから照明を消して目を瞑《つぶ》った。

そうして眠りに落ちる寸前。私は不意に幼い頃のハロウィンの記憶を思い出した。

あれは小学生の頃だ。三年か四年の時だったと思う。

ハロウィンパーティーをしようねと母と約束していたけれど、母の仕事がやっぱり外せなくてできなかった。その夜は父親もどこかに出かけてしまい帰ってこなかった。

家の中でひとりきり。寂しい想《おも》いで、暗闇の中、ハロウィンパーティー用にと母が買ってきた蝋燭《ろうそく》に火を点《つ》けた。

当時は今よりも貧しくて、家もさほど大きくなかった。ダイニングにしていたその部屋は日本間の四畳半で、ちゃぶ台みたいな小さなローテーブルがひとつきり。中央に置いたパンプキンの形の覆いの中にオレンジ色の蝋燭が一本。小学生だった私はマッチを擦って火を点けると、照明を消した暗い部屋の中でぼんやりと蝋燭の光を見つめた。

読んだばかりのマッチ売りの少女の話を思い出し、明かりの向こうに勝手な妄想を思い描いていた。テーブルを囲む母と、優しそうな父（顔は勝手にその頃見ていたドラマの俳優を採用した）。あるいはクリームをたっぷりと塗りつけた大きなケーキ。

子どもだったから、ハロウィンにかなりクリスマスが混じっていたと思う。なぜか大きなトナカイが話相手としてしゃべってくれていたから。

妄想のなかの私は随分とおしゃべりで、学校であったよしなしごとを勢いよく捲《まく》し立《た》てていて、母と父（妄想バージョン）は微笑《ほほえ》みながら聞いている。

ありえないと知っていても思い描いた空想の夜。

そうして私はそのまま寝落ちしてしまったのだ。

肩を揺さぶられ目が覚めたとき、もう朝になっていて、帰ってきていた母に勝手に火を点けてあまつさえ寝ていたことをこっぴどく叱られた。

それから寂しがらせてごめんねと謝られて、抱きしめられたときのこと――。

あのときはお母さんも一杯一杯だったんだろうな、と寝床のなかで思い返す。

布団の中が温まってきて、私は眠りの渦のなかにゆっくりと引き込まれていく。睡魔が訪れて意識を刈り取っていった。

あの夜の蝋燭の淡い光はいまだに忘れられない。

あれは私の孤独の象徴だった。

かぼちゃの形の蝋燭立て。今も似たようなグッズ売ってるのかな。

眠りに落ちるとき、そんなことを思った。

●10月31日（土曜日）　浅村悠太《あさむらゆうた》

10月最後の日。休日だからいつもよりもゆっくり起きて、のんびりと過ごした。

そうして午後も4時を回ると、俺は意を決してバイトへと向かう。

今日も混雑を考えて自転車はやめて徒歩にした。おかげですこしばかり早めに家を出ることになった。綾瀬《あやせ》さんとは例によって別行動で店へ向かった。

渋谷《しぶや》の駅へと近づくにつれて今日が何の日かを実感してしまう。

明日が諸聖人の祝いの日。万聖節《ばんせいせつ》。

そして今日はその宵祭り――ハロウィンだった。

渋谷の通りには魔物の恰好《かっこう》をしている大勢の人々が練り歩いている。

ゾンビに吸血鬼にミイラにオオカミ男……。定番の怪物たちからアニメのキャラクターのコスプレまで、渋谷の街は昨日以上の仮装空間と化していた。

「目が回りそうだな……」

人混みを避けつつ歩きながら俺はつぶやいた。

肌も触れ合わんばかりの賑《にぎ》わいにため息をついてしまう。

今日は店も混み合いそうだ。

コスプレ集団を傍目《はため》で見ながら、バイト先の書店へと辿《たど》りついた。

店に入れば、中もまた混沌《こんとん》と化しているのが見て取れた。

仮装のまま入ってくる客の数も人の出に合わせて確実に三割増しで多い。

事務所に入って挨拶をしてから着替えようとして。

「ああ、浅村君。今日のレジだけど――」

店長から昨日と同じく道化の帽子を手渡された。そして、ハロウィン用の雑貨を一時的に扱ってるから、レジでの扱いは注意してね、と伝えられる。

着替えを済ませて店内に出れば、昨日はなかったパーティーグッズの品が今日になってレジ横に作られた特設棚に積まれていた。ディスカウントストアで売られていそうなプチ仮装グッズから、様々な形のキャンドルライト、なぜかペンライトまで置いてある。

おそらく昨日、店を閉めた後に搬入・飾りつけをしたんだろう。

つまりこれらの品々は今日一日だけ置いてある特別品なわけだ。

最近は、書店業も本だけ売っていれば安泰――って時代でもない。売れるときに売れるものを売ってしまおうという店長の判断だろう。

レジでの扱いは面倒になるけど。

更衣室で制服に着替えると、俺は道化の帽子を被《かぶ》ってレジへと向かった。この混みようだとやはり今日は忙しくなりそうだ。

悪い予想ほどよく当たる。

マーフィーの法則は今日も元気だった。

普段よりも滅茶苦茶《めちゃくちゃ》に忙しくて雑談の暇などまったくなかった。

常に混み合う渋谷《しぶや》の街だけれど、ハロウィンと休日が重なったためだろう、倍では済まないほどの客が来店している。いつもは渋谷に出てこない人たちまで繰り出してきているにちがいない。

商売繁盛は有り難いことだけれど、レジの忙しさは経験がないほどで、シフトの退勤時間になる頃には、俺はクタクタになってしまった。レジに立ちっぱなしで脚が痛い。明日は筋肉痛必至だな。

丸《まる》のような普段から鍛えている体育会系の人間を初めて羨ましいと感じたかもしれない。もっとも、筋肉痛に悩まされない肉体を手に入れるためにはどれだけの筋肉痛を味わえばいいのかわからないわけで、この世の中はいつだって理不尽だ。

さらに悪いことは重なるもので、もうすぐ地獄のバイト時間が終わろうかというときに悲劇は起きた。

店の入口で吐かれた、らしい。

早くも泥酔している迷惑な通行人のしわざだろうが、放置しておけば客入りへの悪影響は必至だ。誰かが対応しなければならなくて、店長はこの忙しい店内の指揮を取るのに不可欠であるからして俺が抜擢《ばってき》されるのは自然な流れだった。

バケツ一杯の水とモップを持って、重い足取りで店の入口へと向かう。

自動ドアを開けて外に出ると、犯行現場はすぐだった。

犯人の姿はもうない。ただただ醜い嘔吐《おうと》物だけがそこに残っていた。まったく、迷惑きわまりない。

肌寒い秋の夜風にさらされて、俺は街を行き交う楽しげな仮装集団を眺めながら無感情にモップを動かす。

楽しそうでいいな、という気持ちは湧かない。昔からこういう騒がしいイベントは苦手だった。

ただ男女で連れ立って歩いているのを見ると、つい視線と興味を引かれてしまう。

いまも店の建物に掲示された映画の広告の前で大学生らしきカップルが体を絡ませて、ゼロ距離で見つめ合っていた。

大勢の通行人がちらちらと視線を向けているのも気づかず、彼らは吸い寄せられるように唇を重ねていく。

池袋《いけぶくろ》でもああいうのを見かけたけれど、やはり恋人同士というのは人前でキスをせずにはいられないのだろうか。

「ん？」

俺はふと違和感を覚えた。

何者かが件《くだん》のカップルの目の前でしゃがみ込んで、まじまじと接吻《せっぷん》するふたりを見つめている。

第一印象は悪魔だった。

女性の見た目を持つ、悪魔だ。

黒い角が生えたカチューシャを頭にかぶり、先が矢印みたいになっている細いしっぽを生やしている。スカートのふくらんだ黒のゴシックドレスと長袖のローブは魔女のようでもあるが、たぶん悪魔と魔女の中間あたりを狙った仮装なんだろう。

平時ならまごうことなき不審者だ。

けれどこれぞハロウィンの魔力というべきか、あんなに目立つ不審者に注目しているのは俺ひとりのようで、誰もその悪魔の存在に気づいていない。

見つめられているカップルたちですら、ふたりの世界に入り込んでいるのか目もくれず、熱心に唇を貪り合っていた。

「ふむ、キミたち。ちょっといいかな」

悪魔が声をかけた。

カップルは初めて悪魔の存在に気づいたらしく、あわてて顔を離してそちらを向く。

よかった、俺にだけ見えてる怪現象じゃなかったらしい。

な、なんですかいきなり、と男のほうが彼女を守るように警戒した面持ちで前に出る。

悪魔は表情ひとつ変えずに言った。

「人前で堂々と性行為の事前準備をしているね。キミたちは、ふだんからこうして人前で前戯をしているのかな」

「は……？」

彼氏さんがぽかんとしている。

気持ちはわかる。とつぜん何を言い出すんだ、あの悪魔は。

「いやそう難しく考えないでくれたまえ。ハロウィンの環境がどれだけ若者に社会的倫理を無視させるのか、あるいは特に影響はなく倫理観の欠如した人間が集まりやすいだけなのか、気になるだけなのだよ。つまりは、そう、好奇心だ」

「は、はあ。なに言ってるんですか」

「ねえ、もう行こっ」

彼女さんが腕を引き、その場を立ち去ろうとする。

「まあ待ってくれ。人前で見せつけることで興奮を得る目的があったのでは？　ならば、私のような観客はむしろ歓迎すべきではないのかね？」

「もう行きますからっ。近寄らないでくださいっ」

「ひとつだけでも答えてくれないかな？　人前でいちゃいちゃしていたのは、今日だけ魔が差したのか、それともふだんからそんな感じなのか。捨《す》て台詞《ぜりふ》でいいから、その情報だけでも置いていってくれたまえ」

「してませんっ」

目をつりあげてそう言い捨てると、彼女さんは彼氏さんの手を引きセンター街のほうへ荒い足取りで消えていった。

「貴重なサンプルをありがとう。今後の研究に役立てると約束しよう」

手を振って、カップルの背中を見送る悪魔。

「さて、次の観察対象を探すとしようか。……ん？」

「あっ」

振り返った悪魔と目が合った。

煤《すす》けた宝石みたいな濁りまじりの瞳が目に入ったとき、強烈に記憶が思い起こされた。

色素の薄い肌と寝癖っぽい髪、気だるい印象のなで肩、そしてさっきの意地の悪い問答も相まって、記憶の中のひとりの人物と焦点が合う。

読売《よみうり》先輩とカフェで討論していた大人の女性だ。工藤《くどう》先生、と呼ばれていたような気がする。

そういえば読売先輩はバイトのあとに大学の人たちと用事があると言っていた。それで、この先生もひと足先にうちの店の近くまで来ていたのかもしれない。

「キミ、どこかで会ったかな？」

「ああ、いえ、すみません。まじまじと見てしまって」

「それはいい。咎《とが》める気はないよ。あらゆる学びは、まじまじと見るところから始まるのだからね」

「は、はあ……」

「先のカップルの求愛行動、見ていたのだろう？　キミはどう思う？」

　感想を求められた。

　予想外の問いだったが、答えはすぐに浮かんだ。

「恥ずかしいな、と思いました」

「ほう」

「直感的に、ですけど」

「なるほど。自分がああしている姿を他人に見られることを想像してしまった、と」

「そ、そういうわけじゃ」

「なくはないだろう。だってこんな怪しい人間にとつぜん問いかけられて即答できたんだ。最初からあの行為に対して自分なりの感想があったに違いない。つまりそれはキミの中で生じた、素直な感想なわけだ。……他人事《ひとごと》ならうっとうしい、とか、どうでもいいになるところが、恥ずかしいときた。共感性羞恥というやつさ。自分自身に置き換え可能な状態だと思っているから、恥が伝染する」

心の裏側をずばり言い当てられて、息が詰まる。

やはりあの読売《よみうり》先輩を言い負かしている人だけあって、口の達者さでは敵《かな》いそうもない。

「人前でキスすることに抵抗がない人間の割合の統計を取ると、年齢や性別、既婚か未婚かによって結果は変わるが、だいたい8％前後に収まることが多い。が、実際に人前でキスした経験があるかどうかを訊《き》くと20％弱が経験している、となる」

「ええと、それが何か？」

「統計では人前でのキスに抵抗がある人間がほとんどであるにもかかわらず、そこそこの人数のカップルが経験済み。では、価値観としてはNGと思っているはずの行為を、いつ、どこでしてしまっているのか？　そこまで追跡して調査しきった研究はあまりなくてね。私はその倫理が崩壊しやすい条件を探っているのだよ」

「……なるほど」

興味深い、と感じた。

同時に、恐ろしい、とも思ってしまう。

ひと言、音を発するごとにどんどん引き込まれてしまって、いつの間にか彼女のペースに巻き込まれている。

悪魔のコスプレ姿に印象が引きずられて、メフィストフェレスに魅入られたような錯覚に襲われた。

「渋谷《しぶや》ハロウィンは毎年、若者がやらかすので有名なのは知っているだろう？」

「ええ、まあ」

「やらかし、つまり社会的規範から逸脱した行為に及ぶということだが、もしかしたら、男女の関係においても近い作用をもたらしているのではと仮説を持っていてね」

「それで、フィールドワークをしてると。なるほど、さすが大学の先生、研究熱心ですね」

「おや？　やはりキミは私のことを知っているようだ」

しまった。つい、口をすべらせた。

こちらが一方的に知ってるのだけれど、それは会話を盗み聞きしていたからこそなので正直に明かしにくい。

どうしたものかと思っていると、悪魔は、俺の頭からつま先まで舐《な》めるように視線を動かしていく。

「ああなるほど、そこの店員か。読売《よみうり》クンの後輩クン」

「はい。そうなります、ね」

「もしかして浅村《あさむら》クン？」

「えっ。俺の名前まで知ってるんですか？」

「顔はいま知った」

なるほど、意地悪な言い回しだ。

「工藤英葉《くどうえいは》だ。読売クンの通う月ノ宮《つきのみや》女子大で准教授をしている。キミの妹さんとも以前会ったよ」

「話はすこしだけ聞きました」

オープンキャンパスに行ったら難儀な先生に絡まれた、と。

数分の会話だけでもその片鱗《へんりん》がうかがえるくらいだから、綾瀬《あやせ》さんのそのときの心労は推して知るべし。

「業務を邪魔するのは良くないな。そろそろ退散するとしよう」

「……意外ですね」

「なにがだね？」

「てっきりこのまましゃべり続けるのかと」

「ははは。他人の活動を邪魔する趣味はないよ。興味ある事柄以外で無駄に干渉する気もないからね」

どの口で言ってるんだろう。そう思ったが、もちろん口にはしなかった。

恐ろしいのは工藤准教授は、自分の発言になんら疑問を持ってなさそうなところだ。彼女は本音で話している。

工藤《くどう》准教授は、ではね、と言い残して背を向けた。

すこしホッとした気持ちで、俺はモップがけに戻ろうとした。

「ああ、そうだ」

ふと立ち止まり、彼女は言う。

「せっかくだからここはひとつ悪魔らしく、キミに呪いをかけてから帰るとしようかな」

「呪いって。なんですか、物騒な」

「なぜ人前でふだんイチャつかない子たちが、今日はしてしまうのか。その鍵は、一時的な知能指数の低下にあると踏んでいる」

「……ハロウィンの空気にあてられて、アホになったと?」

「そう。そして人間は、アホになればなるほど原始的な欲求に忠実になる。……つまりは、パートナーとの性的な接触を求めるようになる」

「身もふたもない言い方ですね」

「事実だからね。……だが、アホになるといっても悪いことばかりじゃない」

「アホになって良いことがあるとも思えませんけど」

「幸せになれる」

「急にスピリチュアルな話になりましたね」

さっきまでの論理展開はどこへやら。

「人の世は常にスピリチュアルとともに在った。人間社会に不可欠なものだよ」

工藤准教授が脇を指さした。

そちらを見ると、渋谷《しぶや》スクランブル交差点をぎゅうぎゅうに埋め尽くす仮装行列。

藤波《ふじなみ》さんと歩いた夜の渋谷を思い出す。

あのときも何かを言い訳に自ら駄目になる人たちであふれていた。あのときは、お酒の力を借りて。

そして今日はハロウィンという行事の力を借りて、人々は、知恵の生き物であることを忘れようとしている。

「賢すぎるキミたちにもアホになる呪いをかけてあげよう。——ハッピーハロウィン」

「アホって……冗談やめてくださいよ」

俺や綾瀬《あやせ》さんが、あんな体たらくを見せるって？　そんなわけないだろう。

と、あきれた気持ちで、ふたたび工藤准教授のほうを振り返った。

が、そこにはもう彼女の——悪魔の姿はなかった。

言いたいことだけ言って、消えてしまったようだ。

「本当に悪魔、じゃないよな……」

さすがにね。あはは。

妙な体験をしたなと思いながらも俺は淡々と掃除の続きを済ませ、店内に戻るのだった。

バイトの時間が終わった。

レジからバックヤードに入ると、事務所に店長がいて、シフトの終わった店員たちに、手提げほどの大きさの袋を手渡している。

「浅村《あさむら》君も、お疲れ様。忙しい日に入ってくれたお礼をどうぞ」

そう言いながら渡された袋は、どうやらお菓子の詰め合わせのようだ。

ハロウィンにシフトに入ってくれた人への報奨らしい。ありがたく頂戴する。

「はい。綾瀬《あやせ》さんも。お疲れ様」

「ありがとうございます」

少し遅れて引き上げてきた綾瀬さんも詰め合わせのお菓子をもらってお礼を言っている。

その後ろには読売《よみうり》先輩もいた。

珍しく、読売先輩も俺と綾瀬さんと同じタイミングで退勤だ。このあと大学の人たちと合流して仮装パーティーらしい。

さっき外に行ったとき、先生らしき人がいましたよと伝えたら、「だいじょうぶ⁉　変なことされなかった⁉」と心配された。だいじょうぶですが呪いはかけられましたと答えたら、目を点にされてしまった。

更衣室で着替えた。

ふたたび事務所に入ると、ほぼ同時に綾瀬さんと読売先輩もやってきた。

綾瀬さんは私服に戻っただけだけれど、読売先輩のほうはパーティー用の仮装にすでに着替え終わっている。

つばの広い魔女帽子を被《かぶ》り、黒い魔女ドレスを着た読売先輩はいつもの和風美人の面影を忘れてしまいそうなくらい似合っていた。

露出多めのファッション魔女ではなく、深い森の奥にいそうなしっとりめの魔女の恰好《かっこう》をしているところが先輩らしい。胸元を留めているブローチにルーン文字の彫り込まれた石を使っているところもマニアックだ。手には箒《ほうき》ではなく、どこかのアミューズメントパークで買ったらしき小さな杖《つえ》――ワンドってやつ――を持っている。

「ふふんふんふんふーん！　ねぇねぇ、どうよ？」

ひらりと魔女ドレスの裾をひらめかせて読売先輩がドヤ顔を決めた。

「あ、はい。めちゃ似合ってます。本物みたいです」

同意を求めてきた読売先輩に俺は素直に賞賛の言葉を送った。

イベントを楽しむ気が満々だということはとてもよくわかる。

「後輩君としてはコスプレだったら沙季《さき》ちゃんのを見たかったろうけど」

まあ、否定はしない。やらないだろうけど。

「しませんから」

被《かぶ》せる勢いで傍《かたわ》らに立っていた綾瀬《あやせ》さんが言った——ほらね。

「慣れれば気持ちいいよ？」

「遠慮します」

「でもさ。ちょっとだけ、ちょっとだけだから。やってみよ？」

衣装を入れていたらしきバッグをガサゴソと漁《あさ》る。「ネコミミカチューシャ〜！」と読《よみ》売《うり》先輩はどこかの青いロボットみたいな声で言いながら取り出した。

「ちょっとつけてみて」

「いえだからいいです」

「ドライだなー。つまんないなー。ほらほら、ぜったい可愛《かわい》いから。後輩君もすっごく喜ぶから！　ね、後輩君！」

「俺に同意を求めんでください」

外見の雰囲気が変わっても、中身は変わらず読売先輩だ。オヤジ気質《きしつ》だった。やりすぎると現代ではパワハラになるんだが。

「あの、もう帰りますから」

「えー？　……まあいいか。チャンスはこれからいっぱいあるよね」

あるの？

「ないです」

「でも、かわいいカッコには興味あるんでしょ？」

綾瀬さんが一瞬だけ言葉に詰まる。

「とにかく今日はもう帰りますから」

「そっかー。じゃあ、後輩君。もう遅いんだから、ちゃんとボディガードするんだよぅ」

「ええ、はい」

ひらりと手を振って森の魔女がスポーツバッグを肩にかける。絵面がシュールだ。

たぶんどこかのロッカーにバッグは預けるつもりなんだろうけど。今からで見つかるのかな？

それともあらかじめ私物を預ける場所を確保しておいたんだろうか。

周到な読売先輩なら、そのあたりはちゃんと事前に準備済みなんだろうな。

「じゃ、またー」

「あ、先輩」

俺は事務所を出て行こうとする読売先輩を呼び止めた。

「ほえ？　なにかな～？」

「どうぞ」

俺は手のひらの上にのせた小さな袋を差しだした。

「なに、これ」

「お菓子です。飴玉《あめだま》ですけど。のど飴。確かカラオケも行くって言ってましたよね」

「おー。覚えてたとは思わなかった。えらいえらい！」

「いたずらされちゃ、かないませんからね」

「ふふ。感謝感謝」

飴玉の袋を頬《ほお》に押し付けるようにして俺たちに顔を向けると、にひっと笑顔になる。

「では、君たちにも幸せのおすそ分けがあるよう妾《わらわ》が魔法をかけてしんぜよう。てや！」

言いながらワンドを振る。

「ハッピーハロウィン！　またね！」

そう言ってから、くるりと背中を向けてドレスを翻し、事務所を出て行った。

「はい。またー」

「お気をつけて」

綾瀬《あやせ》さんもひらひらと手を振って読売《よみうり》先輩を送り出した。

「さあ、俺たちも帰ろう」

綾瀬さんが頷《うなず》いた。そのままバッグをつかむ。

俺は彼女のほうに一歩近寄ると、バッグからもうひと品取り出して綾瀬さんの目の前に差し出した。

綾瀬さんが目を丸くする。

「え？　なに？」

「これは綾瀬さんに」

読売先輩にあげたものと同じような小さな袋に入れたお菓子だ。

「これも飴玉？」

「いや……こっちはチョコだけど」

「でも、私なにも用意してないよ」

「気にしないでいいよ。ささやかなものだしさ。ハッピーハロウィン」

「ハッピーハロウィン。ありがとう」

店を出る直前、綾瀬さんは「ちょっと待ってて」と足を止めた。くるりと振り返り、店の中へと戻って行く。

なんだろう。忘れ物だろうか。

出入りする客の邪魔にならないよう入口から離れた。

入口を見張れる位置で綾瀬さんを待つ。

ほんの数分ほどで綾瀬さんは戻ってきたけれど、とくに何かを手にしている様子はない。

「ごめん、待たせちゃって」

「忘れ物？」

「そんなとこ」

それだけ言って、綾瀬《あやせ》さんは俺の隣に並んだ。

「まあじゃあ、……帰ろうか」

「うん」

通りへと出ると、俺も綾瀬さんも驚いた。

仮装して盛り上がる人々でごった返し、歩く隙間もなくなっている。

絶対こうなると思ってはいた。だから今日は自転車で来なかったのだし、予想は正解だったわけだけれど。

「ここまでとは……」

「すごい人出だね」

「いや、これじゃ誰かに会うかもどころじゃないな」

学校の人と出くわしたらどうしようかと思っていたが、この仮装行列、しかもすし詰め状態ではすれ違った相手の顔もハッキリと見る余裕はないだろう。

外国人や大学生パリピがコスプレしながら盛り上がる隙間を縫うようにして歩くことになりそうだ。駅から離れればさほどでもないだろうけど、まるで元旦の明治神宮《めいじじんぐう》、ってのは言い過ぎかもしれないけど、それくらい混雑している。

「きゃっ」

すれちがったひととぶつかったのか、綾瀬さんが小さな声をあげてよろけた。

とっさに体を支える。

これはまずい。

「車道側のほうが若干空《す》いてる。そっちに寄ろう」

「う、うん」

俺たちはひとの少ないほうへと歩き出そうとするけれど、ひとの波をよぎるのは大変で、ともすればはぐれてしまいそうだった。

向かう先は同じ家なのだし、小さな子どもではないから、はぐれたからと言って迷子になる危険はない。けれど——。

「綾瀬さん、ほら」

手を伸ばせば、綾瀬さんが握り返してきた。

温かな手のひらの熱を感じて鼓動が速まる。綾瀬さんの手は俺よりはひとまわり小さくて、あまり強く握ったら痛めてしまいそうで怖い。それでも手を放してしまって離れるのが怖かった。きゅっと握って引き寄せる。

「足元、見えないから気をつけてね」

「だいじょうぶ」

そう言いながら綾瀬さんは人混みにもっていかれないように俺のほうに体を寄せてきた。

互いの体温を感じる距離はひさしぶりだ。

顔を上げれば目の前には蟻《あり》の這《は》い出《で》る隙間もないほど人が詰まった道玄坂《どうげんざか》がせり上がる。その向こうに明かりの煌《きら》めくビルの群れと背景には黒い空。ビロードのような夜の闇が渋谷《しぶや》に深い帳《とばり》を降ろしている。

仮装行列の間を縫うように俺たちは歩き出した。

逢魔《おうま》が時《とき》を越え、宵の口もとうに過ぎ、ひそやかに時計の針は回る。今はもう夜も遅くて、小さな子どもたちは眠る時間だ。

街を歩き回るのは、踊るように跳ね歩く化粧をほどこした道化師たち、箒《ほうき》を片手に笑いあう魔女たち、偽物の牙を生やした吸血鬼たちだ。流行《はや》りの音楽を口ずさみつつ横断歩道を渡ってゆく。

フェイクの魔物たちの群れ。

このなかに一体くらい本物が混じっていてもきっと誰も気づかない。

信号の青と赤が入れ替わるたびに、渦を巻くように魔物たちの動きも入れ替わる。呪文ひとつで操られる意志のない獣たちのようだ。

誰かの手を離れた赤い風船が街灯の光を返しながら高く昇って闇に吸い込まれた。

どこかで鳴るクラクションの音。間近で聞こえる包帯を巻いた男女の笑いあう声。通りを駆け抜けていく車がＬＥＤの赤いテールランプを引きずっていた。コンビニのドアが開

くたびに漏れ出してくる音楽は聖者の行進で、耳をかすめてふつりと消える。

俺は、ふわふわと雲の上を歩いているように感じる。非現実的なこの光景のなかで、俺と手を繋《つな》いでいる女の子はとびきりの美人で妹だ。義理の。

そして互いに好意を確かめ合った相手だった。

それがいちばんリアルから遠く感じることで。

これは本当に現実なんだろうか。

確かなのは、繋いだ手を通して感じる彼女の体温だけ。

すれ違うオオカミ男がマスクの下で笑った気がした。

もしかしたらそいつは、クラスメイトの誰かなのかもしれない。俺と綾瀬《あやせ》さんがこうして手を握り合い、肩を寄せ合って歩いているところを見られていて。

そんな可能性はほとんどないはずと感覚的には思いつつ、可能性は消えないのだと理性が告げる。

駅から離れ、自宅へと近づくにつれて人の数は少しずつ減っていった。

街灯の数もぽつりぽつりと間が開くようになって、マンションの明かりが見える頃には俺と綾瀬さん以外には誰もいなくなっている。

近くの公園を通り抜け、広い街道を渡るときになって、ようやく俺たちは手を放した。

どちらからともなくため息のように息を吐く。

「もしかしてさ」

「えっ」

「ふたりとも仮装してたら、誰の目も気にせず帰れたのかもね」

「そう、だったのかもな」

そもそも俺たちふたりともが最初は手を繋いで帰ろうとしていたわけではない。でも、いちどお互いの手を取ってしまえば、こうしてこんなに家に近づくまで手を放すことはできなくなってしまう。互いにぬくもりを欲してしまう。

確かに歩くひとたちが残らず仮装しているような非日常の日ならば、それに乗じられたら、もっと気楽に手を繋いで帰れたのかもな。納得しつつも、でも、彼女にとっては仮装と化粧は別物で、そんなことを計画しても、きっと恥ずかしがってできないのだろうなとも思う。

「いつかさ」

俺たちはそんな回りくどいことを考えなくても、ごくふつうの恋人同士のように手を繋いで歩くことができるのかな。

でも、俺と綾瀬さんの間に横たわる、兄と妹という関係を壊したくない人たちのことも考えてしまう。

「なに？」

「いや……なんでもない」

街灯の下、ふたりの影法師はまだ重なりあっていて手を繋《つな》いでいる。

このままいつまでも遊んでいたい。子どものように小さな影はそう訴えているような気がした。

見あげるマンションはどの部屋にも明かりが灯《とも》っていて、あのひとつひとつに家庭がある。家族となったばかりの人たちもいるだろう。

俺たちは黙ったまま家に戻る。

結局、そのあとは繋ごうよと手を差し出せなかった。

玄関を開けて明かりを点《つ》ける。

「ただいまー」

ふたりそろって声をあげたけれど返事がなかった。

——おや？

亜季子《あきこ》さんのほうは出勤しているが、親父《おやじ》はいるはずなのに。

ひと足先にリビングに入った綾瀬《あやせ》さんが「あれ？」と声をあげた。

「どうしたの？」

「これ」

ひらひらと手にした付箋紙を振っている。

『亜季子さんのところに行ってくるね』

親父の字で書かれたメモだった。

慌てて携帯を取り出してチェックする。そこでようやくＬＩＮＥの通知が来ていることに気づいた。内容を読んでみると、どうやら明日が日曜日であるのを良いことに、親父は亜季子さんの勤めている店で夕食を取ることに決めたようだった。

ＬＩＮＥになかなか既読通知が付かなかったので、念のために伝言を書き置いてから行ったのだろう。

「親父のやつ、亜季子さんと一緒に帰ってくるつもりらしい」

「みたいだね」

綾瀬さんも亜季子さんからの通知を見ながら言う。ふたりそろって今の今までチェックを怠っていたゆえにわからなかった。

亜季子さんの退勤に合わせて帰宅するとなると深夜になることは間違いなかった。

せっかく親父が腹を空《す》かせているだろうとまっすぐ帰ってきたのだが。

こうなると、あと数時間はふたりとも帰ってこないだろうな。

「まあ、親父も最近まで忙しかったからな……」

新婚一年目だというのに仕事時間の差から亜季子さんとすれ違いの毎日だったのだから、

ふたりきりで過ごす時間が恋しくなる気持ちは今の俺ならよくわかる。

ただ、そうなると——。

「じゃあ、帰ってくるまで私たちだけってこと？」

「そうなるね」

「そっか。じゃあ、夕食は何にしよう。お義父《とう》さんとお母さんが食べると思って今日も鍋にしようと思ってたんだけど……ふたりしか食べないなら、もっと軽いもののほうがいいかも。リクエストある？」

綾瀬《あやせ》さんの言葉に俺は考え込む。

いきなり食べたいものと訊《き》かれてもな。

かといって、ここで「なんでもいい」と答えるのが禁句であることくらいは、さすがに知っている。

「そうだな……」

うーん。どうしようか。

「ごめん。いきなり言われても思いつかないよね」

考えこんだ俺を見て、綾瀬さんが言った。つまりそれは、綾瀬さん自身も食べたいものをすぐに頭に思い浮かべられてはいないことを示している。思いついていれば他人に訊く必要はないからだ。私が食べたい。だから作る。それで済む。

「いやいや作ってもらえるなら案くらい出さなくちゃね。すぐに思いつけなくてごめんと謝るのはこっちだよ」

ただ、さすがにノータイムでリクエストを出せるほど常に食事のメニューを考えてはいないのも事実。

俺は綾瀬さんに向かって言う。

「まあ待って。こういうのはコツがある」

「コツ？」

「ええとさ。なんでも選択できる状況下では人間は実は選択しにくくなる、という現象があるんだ」

配信アプリなどでも活用されているノウハウだが、利用者にサービスの選択メニューから見せるのは悪手だとされている。一見、親切そうなユーザーインターフェースだが、実のところ利用を開始する時点で何をしたいかを決めているユーザーは少ない。

お腹《なか》が空《す》いたから何か食べたいとは考えていても、何を食べたいかまでは思いついていない。それがふつうなのだ。

そういうときはどうするか。

「まず、強引になんでもいいから選んでしまう。料理だったら、俺は食べたいものじゃなくて、食べたくないものをまず決める」

「えっ。どういうこと?」

「そっちのほうが決めやすいんだ。少なくとも俺はそう。コツって言ったのはそこ。一般的には同じものを食べ続けると飽きるだろ。だから、直近で何を食べたかを思い出す」

「朝は和食だったよね。昼は……楽だからってインスタントラーメンで済ませちゃったんだよね」

「だから、その二つをまずは捨てる。このとき、相手にもそれを伝える。朝が和食だったから和食は遠慮したい。昼はラーメンだったから中華も外そう。そんな風に伝える」

「じゃあ、洋食?」

「これだけで考えやすくなったでしょ?」

「たしかにね」

「あと、実現可能性も大事だよね。作りたくても食材が無ければ意味がない。出前まで考えれば別だけど。ここでもマイナスから考える。早めに使ってしまわないといけない食材ってある?」

「卵、かな」

「じゃあ、洋食で卵料理かな。オムライスとか目玉焼きとか……なんかいつも食べてるものしか浮かばないけど」

「あ、じゃあさ。フレンチトーストはどう?」

「それは思いつかなかったな。うん、食べたくなってきた」

綾瀬《あやせ》さんには何度か作ってもらっているから、小説でしか知らなかった食べ物を最近では身近に感じている。

「あれなら簡単に作れるし。がっつりじゃなくて軽いから」

「ケーキみたいなもんだし、今日のようなお祝いっぽい日の食事には合いそう」

中心となるメニューが決まると後は早い。洋食だから、お味噌汁《みそしる》よりはスープだろう。幸いにしてコーンのスープの素がまだ残っている。野菜も充分に揃《そろ》っていたからサラダが確保できる。

俺たちは手分けして夕食の準備を済ませると、出来上がった料理を食卓に並べた。

三十分も掛からずに支度を終えて、俺たちはふたりきりでテーブルに向かい合ってフレンチトーストを食べた。付け合わせはサラダとコーンスープだ。

「俺、いつも思うんだけどさ。料理って、作る時間に比べると、食べる時間はあっという間だよね」

「そう……だけど。でも、なんでも、そういうものじゃない？　私たちがなにげなく消費しているもののほとんどって、作るのは時間が掛かるけど、味わうのは一瞬でしょ」

確かにそうかもしれない。

俺は本が好きで、文庫だったら一冊を一、二時間ほどで読んでしまうけれど、あれだって書くのは何日も掛かるのだろう。たぶん。ひょっとしたら何か月も？　いや、そんなには掛からないのかな？

そう考えると何かを作る人への感謝は忘れちゃいけないなという気持ちになってくる。

「綾瀬《あやせ》さん、いつも美味《おい》しい料理を作ってくれて感謝してます」

頭を下げると、綾瀬さんはいつものように視線を逸《そ》らした。

照れているのだ。最近はそれがわかる。

「そんな言われるほどのことしてないから。できる範囲でやってるだけ」

この言いかただけは出会ったときから変わらないなあと思う。

「でもほんとに感謝してるからさ」

「浅村《あさむら》くんだって最近はやってるでしょ、料理」

「綾瀬さんに追いつくにはまだまだ時間が掛かりそうだけどね。……うん、美味しかったよ、フレンチトースト」

「……どういたしまして」

ますますそっぽを向く綾瀬さんに俺は「コーヒーでも飲む？」と声をかけた。

「コーヒーは眠れなくなっちゃうから……」

たしかにテスト前でもなければ睡眠不足になるのは避けたい。

「ああ、そういえば――」

俺は立ち上がると、食器棚の上に置いてあった箱をとってくる。親父《おやじ》が会社の同僚からもらったというカフェインレスのコーヒーの詰め合わせだ。個包装されていて、カップの上にのせてお湯を注ぐドリップ式のやつ。

「これならどう？　カフェインカットのやつだけど」

綾瀬さんが頷《うなず》いたので、俺は電気ケトルの電源を入れ、カップを二つ食器棚から持ってきた。

その間に綾瀬さんは食器を洗っていた。

数分でお湯が沸き、俺はふたりぶんのコーヒーを淹《い》れる。

香りが湯気とともに立ち昇り、さて飲もうと口をつけたところで、綾瀬さんが「あ」と言った。

「ちょっと待って、浅村くん」

「ん？」

俺を止めた綾瀬さんは空いた椅子に置いていたバッグを開いて何やら包みを取り出した。

「あれ？　それうちの店の――」

包装紙がバイト先の書店のものだった。

「そう。今日だけ特別に売ってたみたいで」

言いながら包装紙を剥《は》がすと、両手の上にのる大きさの四角い箱が出てきた。箱の中に収められていたのは小さなかぼちゃ形の容器だ。

「……それって、もしかしてライト？」

「そう」

取り出してテーブルの上に置いた。

箱に『LEDキャンドルライト』の文字が大きく書かれている。

オレンジ色のかぼちゃの形をした器は、中身をくりぬかれたジャックランタンそのもので、内には蝋燭《ろうそく》の形のLEDライトが据えられている。単三電池が付属しており、電池を入れてスイッチを押すとほのかな明かりが灯《とも》った。

「上の照明消すね」

シーリングライトを消すと、かぼちゃのランタンから漏れる淡いLEDの明かりだけになった。

テーブルの上でゆらゆらと光が揺れている。

顔の形にくりぬいた隙間からかぼちゃの中を覗《のぞ》くと、LEDの蝋燭に本当に火が灯っているかのように見えた。

「昔は本物の蝋燭に火を点《つ》けなきゃいけなかったんだけど、いまって火を使わなくても炎のゆらめきが作り出せるんだね。すごい時代」

綾瀬《あやせ》さんがテーブルの向こう側に座りながら言った。

たぶん、そのゆらめきはLEDを不規則に発光させているからだ。綾瀬さんの言うとおり、本物の炎の揺らぎのように思えてくる。

照明の消えた部屋のなか、ほのかに光るかぼちゃのランタンを挟んで見つめ合った。

「昔、さ――」

「うん？」

「あのね。これ、お母さんに買ってもらったやつと同じデザインのかぼちゃのランタンなんだ。こんな形の顔をしていて、ただ、小さい頃は本物の蝋燭が中に入ってた」

「同じメーカーのシリーズなのかな」

「なの、かも。でね。ハロウィンの夜はバーがかき入れ時だから、今日みたいにお母さんは全然帰ってこれなくて、私はひとりでハロウィンごっこをしてた。まだ小学生だったのに蝋燭に火を点けちゃって……あとでお母さんに怒られたり」

あぶないなあ、と思いつつ。でも、そんなことは、ひょっとしたら当時の綾瀬さんだってわかっていたことなのではないかとも思う。

明かりはひとの営みの象徴だ。

そこに誰かがいるから灯る。

夜の闇の向こうにマンションの窓から零《こぼ》れ落《お》ちる光が見えたとき、ほっとしてしまうのはいつも経験していることだ。

「なんでかな。明かりを見ていると『帰ってきた』っていう気持ちになる」

「わかるよ」

「母さんがああいう仕事だから、私はめったに家のなかでも顔を合わせる時間がなくて。子どもの頃からずっと家に帰っても寂しかった」

でも、と綾瀬《あやせ》さんは言う。

「今年は浅村《あさむら》くんと過ごせてうれしい」

ランタンの放つ光はかすかで、テーブルを挟んで俺と綾瀬さんの顔だけが浮かび上がる。光を返して煌《きら》めく彼女の瞳を見つめていると、俺の心にある衝動が浮かびあがってくる。

「あのさ」

「うん？」

「ええと……」

俺はわずかに彼女のほうへと体を乗り出す。

彼女も俺のほうへと顔を近づけた。

見つめる彼女の瞳がＬＥＤの不規則な明滅を反映してゆらゆらと揺れている。

無意識のうちに伸ばしていた右手が彼女の頬《ほお》に触れた。頬に落ちる髪を指でなぞる。

「髪、すこし伸びたね」

「まだ前よりもぜんぜん短いよ」

「似合ってる」

「……ありがと」

特別に距離の近い義理の兄妹《きょうだい》として、仲を深めていこう。

そう誓い合ったのはわずか一か月前のことで。でも今、俺はその誓いを自らの意志で越えようとしている。その結果のすべてに俺は立ち向かうつもりがあるのか。自らの心に問いかけながら。


『賢すぎるキミたちにもアホになる呪いをかけてあげよう』


悪魔のささやきが耳元でよみがえる。

ただの男女ではないのだから、本当なら強い覚悟がなければ踏み越えてはいけない一線なのかもしれない。

だけど、彼女ともっと幸福な時間を過ごしたいのか否かと訊《き》かれたら、その答えは明白なんだ。

触れ合いたいし、彼女にも受け入れてほしい。

浅はかでわがままで、悪魔に言わせれば、アホな感情だけれど。

街灯の下、手を繋《つな》いでいた小さな影法師のふたり。あれはいっしょにいたいと思っている俺の感情そのものだ。

近づけていく俺の瞳を見つめていた綾瀬《あやせ》さんの目の力がふっと抜ける。

瞼《まぶた》を閉じた。

ああ、綾瀬さんの睫毛《まつげ》ってこんなに長いんだ……。

そんなどうでもいいことを考え、でも次の瞬間には俺も目を閉じていて。

唇にやわらかい感触を感じた。

妹ではなく。

俺は綾瀬沙季《さき》にキスをした。

誰も見てない家の中。

その罪は神様だけが見ている。……いや、もしかしたら神様でさえ、悪魔たちの行進に目隠しされて見逃しているかもしれないと、淡い期待を抱いてしまった。

咎《とが》められることなき、秘密の一瞬。

「悪魔の時間だね。きっとハロウィンの灯《あか》りには魔力があるんだ」

顔を離したとき、零《こぼ》れる息とともに綾瀬さんはそう言った。

●10月31日（土曜日）　綾瀬沙季《あやせさき》

ベッドに潜り込んで、上掛けを頭の上まで引っ張り上げ、火照る頬《ほお》を押さえた。

指の先でそっと唇をなぞる。


キス、して、しまった。


バイト先の書店で、売場を歩いていて偶然に見つけた。

ハロウィン用の特設売場に置いてあった、かぼちゃのランタンを模したプラスティックのキャンドルライト。

それは私が小学生のときに母親がハロウィンに買ってくれた蝋燭《ろうそく》立てにそっくりだった。

大きさも、かぼちゃの色も、くり抜いて描いた表情も。

ただし、母が買ってきたものは、蝋燭を立てて炎を灯《とも》すタイプだったけれど、それは最新式のＬＥＤライトを灯すものだった。

迷ったけれど、結局は帰り際に買ってしまった。

バイトを終えて私と浅村《あさむら》くんは書店を後にした。

建物の外に出て驚く。

通りは、仮装して歩くひとたちで大賑《おおにぎ》わい。肌も触れ合うばかりに道は混雑していて、歩くだけでも誰かにぶつかってしまいそう。

実際、ぶつかられてよろけてしまった。浅村くんに支えてもらえなかったら、その場でひっくり返っていたかもしれない。

差し出された手を握り返し、私たちは手を繋《つな》いだまま帰り道を歩いた。

それだけでどきどきしてしまって。

マンションの明かりが見えたとき、ほっとしたと同時に、手を放してしまったのが寂しかった。


母はハロウィン当日である今日も仕事で出勤。しかも人出が多いからバーとしてはかき入れ時で。だから帰ってくるのはきっと真夜中だ。

それでも土曜日だからお義父《とう》さんはずっと家にいるはず。

休日だし、きっと私たちが家に戻るまで夕食は食べてない。だから寄り道もせずに帰ったのだけど。

私たちが手を繋いで混み合った渋谷《しぶや》の街を通り抜けている間に、お義父さんは母さんに会いに店へと行ってしまった。

家に残されたのは私と浅村《あさむら》くんだけ。

ふたりっきりで料理を作り、ふたりっきりで食べる。食べ終わると浅村くんがコーヒーを淹《い》れてくれた。

私は、バイト先で買ったキャンドルライトを思い出し。

子どもの頃を思い出して、ライトをテーブルの上に置いて明かりを灯《とも》した。

ほの暗いLEDライトの光はちらちらとかすかな明滅を繰り返して、まるで本当の蝋燭《ろうそく》を灯したように思えた。

明かりを見つめているうちに、私は自分がライトを買った理由に思い至る。

長く長くこの歳《とし》まで、ハロウィンのかぼちゃの蝋燭立ては、私にとって孤独の象徴であり、ひとりぼっちの寂しさの証《あかし》になっていて、私はその記憶を書き換えたかったのだ。

新しくできた家族と過ごす初めてのハロウィンの夜。

ランタンに明かりを灯して眠れば。

あの日の寂しい子どもが癒《いや》される気がした。

パンプキンのランタンを挟んで向かい合った浅村くんが、わずかに身を乗り出した。

あ、と。

その瞬間に次に何が起こるかわかってしまった。

彼の伸ばした手が私の頬《ほお》に触れる。指先が髪を撫《な》でる。頬が熱を帯びて熱くなり、指先を通してこの鼓動の激しさが彼に伝わってしまうのではないかと恐れた。

見つめ合う彼の顔がすこしずつ大きく見えてくるのは錯覚なんかじゃない。

近づいてくる彼の瞳の中に自分の顔が映っていた。

驚いたような目。

期待と不安とが蝋燭の明かりのようにゆらゆらと揺れて入れ替わる。

でも、どこかで私はわかっていたのだと思う。

こうなる予感があったのだと。

目を閉じた。

キスをしてしまった嬉《うれ》しさと、照れと、これからの期待や不安、いろいろな感情で爆発しそうな自分の気持ち。

私たちの関係が永遠に変わってしまうという恐れ。

それでも、私は自分から目を閉じた。

触れ合ったのは一瞬なのに、心のなかで泣いていた子どもが泣き止《や》むのを感じる。

次の日に抱きしめてくれた母のぬくもりも、この孤独を癒してはくれなかったのに。

ハロウィンの灯《あか》りには魔力がある。

もしかしたらその魔法をふるっているのは悪魔なのかもしれないけれど。

兄と妹でいられる距離感を保とうと言ったのは私自身なのに。私はそれを自分から破ってしまった気がして――。

だってたぶんあの瞬間、目をわずかに逸《そ》らすだけでも、浅村《あさむら》くんなら止めてくれた。

私は、彼の瞳を見つめつづけることで彼を受け入れてしまったのだ。もう引き返せない距離で私はゆっくりと目を閉じて待った。

そうして想像したとおりに彼の唇が触れてきた。

手を繋《つな》いでいるときよりも何倍も彼に触れている実感があって。

閉じた瞼《まぶた》の向こうにやわらかいオレンジの明かりを感じる。

ジャックの掲げるランタンの明かり。

旅人を時に迷わせ、時に導く光だとも、天国へ行くことも地獄に行くこともできずさ迷い続ける霊の姿だとも言われる。

兄に恋をしてしまった義妹の恋の道行きを照らしてくれるといいのだけど。

ふと、学校で聞かされたボランティアの話を思い出した。ハロウィン翌日の、ゴミ拾いボランティア。

好き放題にはしゃいで盛り上がった人間が汚した街を、なんで掃除しなきゃならないの。と、そんなふうに思ってスルーしていたのだけれど。

「早起きして、行ってみようかな……」

神様がそんなことで許してくれるかどうか、私にはわからないけれど。

今はとにかくすこしでも『良い子』になれる何かをしたい気分だった。

浅村くんも誘ってみようか。悪魔にそそのかされた甘いひとときはすごく心地好《ここちよ》かったけれど。悪魔に頼らない、彼との素敵な時間を積み上げることができたら、ふたりの関係にもうすこし胸を張れるかもしれないし。

温まってきた布団のなかでそんなことをぼんやりと考えながら、私は眠りの淵《ふち》へと滑り落ちていった。

あとがき

小説版「義妹生活」第5巻を購入いただきありがとうございます。YouTube版の原作&小説版作者の三河《みかわ》ごーすとです。同年代の男女が日常の中で互いを知っていき、心を通わせていく様子を綴《つづ》った「義妹生活」シリーズ——この5巻を最後まで読んだ人の中には、もしかしたらこう思った方もいらっしゃるかもしれません。「5巻でここまでいくの？　他にもうやることがなく、そろそろ完結してしまうのでは？」……と。

ですがご安心ください。私は「義妹生活」にはまだまだ語るべきことがたくさん残っていると思っていますし、それはきっと読者の皆さんにとってもYouTube版のファンの方にとっても、価値のある内容であると確信しています。「義妹生活」は浅村《あさむら》くんと綾瀬《あやせ》さん、二人の人生を追体験していく物語です。現実の私たちが進学、就職、結婚、といったさまざまな人生の段階をのぼっていくのと同じように、彼らの人生を、その心の動きや触れ合いとともに忠実に描いていきます。引き続き楽しみにしていてください。

謝辞です。イラストのHitenさん、声優の中島由貴《なかしまゆき》さん、天﨑滉平《あまさきこうへい》さん、鈴木愛唯《すずきあゆ》さん、濱野大輝《はまのだいき》さん、鈴木《すずき》みのりさん、動画版のディレクターの落合祐輔《おちあいゆうすけ》さんをはじめYouTube版のスタッフの皆さん、担当編集のOさん、漫画家の奏《かなで》ユミカさん、すべての関係者の皆さん、そして読者の皆さん。いつもありがとうございます。——以上、三河でした。

“兄妹関係”からゆっくりと変わっていく
等身大の二人を描いた
ハロウィンの魔力に惑わされるように
恋人同士の温もりを求めた悠太と沙季。
表向きは今までと同じ距離感を保ちながらも、
その関係の在り方には確かな変化があった。
二人の誕生日、サプライズとすり合わせ、
クリスマス、初めての年越しと、里帰り。
プレゼントや記念日の過ごし方、
相手の喜ばせ方に悩みながらも、
不器用ながらも幸せな道を模索したり。
両親や親戚の姿から恋愛関係のその先……
結婚や子ども、家族についても
考えさせられることに。
そして、これまで適切な距離を心掛けていた
沙季にある大きな『変化』が訪れる――。
恋愛生活小説 第6弾。
『義妹生活』第6巻 2022年夏発売予定。
※2022年4月時点の情報です。

コミカライズ
義妹生活